SACRAMENTO PUBLIC LIBRARY
828 "I" Street
Sacramento, CA 95814
11/21

D1603630

DEMASIADO ODIO

Sara Sefchovich

DEMASIADO ODIO

OCEANO

DEMASIADO ODIO

© 2020, Sara Sefchovich

Diseño de portada: David Maawad
Fotografía de la autora: Carlos Martínez Assad

D. R. © 2020, Editorial Océano de México, S.A. de C.V.
Guillermo Barroso 17 - 5, Col. Industrial las Armas
Tlalnepantla de Baz, 54080, Estado de México
info@oceano.com.mx

Primera edición: 2020

ISBN: 978-607-557-258-1

*Todos los derechos reservados. Quedan rigurosamente prohibidas,
sin la autorización escrita del editor, bajo las sanciones establecidas
en las leyes, la reproducción parcial o total de esta obra por cualquier
medio o procedimiento, comprendidos la reprografía y el tratamiento
informático, y la distribución de ejemplares de ella mediante
alquiler o préstamo público. ¿Necesitas reproducir una parte
de esta obra? Solicita el permiso en info@cempro.org.mx*

Impreso en México / Printed in Mexico

Este libro es para ti, porque siempre estás aquí.
Pero no te lo voy a dedicar, porque no te lo puedo dedicar.

Esto existe. El que venga y no lo encuentre, que no le salga a la autora con reclamaciones.

HEINRICH BÖLL

No se odia a quien hace algo malo, sino a quien habla de eso.

ROBERTO SAVIANO

Las cosas del mundo todas se han de mirar al revés para verlas al derecho.

BALTASAR GRACIÁN

1

Querida Beatriz,

México no es para ti, México ya no es para nadie. Por favor piénsalo bien, por favor ¡no se te ocurra venir!

No cabe en mi cabeza que te quieras salir de ese país hermoso en el que naciste y en el que tienes hecha tu vida, para instalarte en éste en el que todo está muy revuelto. Te lo digo yo que lo recorrí de punta a punta, que fui feliz por sus caminos y senderos y playas y mares y ríos y montañas y ciudades y pueblos, te lo digo porque hoy ya no se puede ir a ninguna parte, nunca sabes lo que te puede suceder ni quién se te va a atravesar.

Y menos cabe en mi cabeza que te quieras quedar con mi negocio. Te lo digo yo que fui feliz con los muchos clientes que tuve, con sus historias de dicha de frustración de miedo de aventura de secreto, y te lo digo porque hoy ya no son ésos los que llegan, y nunca sabes quién se te va a atravesar ni lo que te puede suceder.

Si no cerré, es porque no puedo dejar de trabajar, no tengo a dónde ir ni cómo ganar dinero para comer. Lo que había guardado durante toda mi vida, se perdió cuando el gobierno acusó de lavado de dinero al banco en que lo tenía depositado y lo intervino como dijeron en la televisión, pero a los ahorradores no nos devolvieron ni un centavo de lo nuestro.

Lo que me salvó fue un cliente que decidió protegerme. Yo lo conocía, pues cuando era muchacho y sin un centavo, lo inicié en las artes amatorias aunque no me pagara, sólo porque me inspiraba ternura. Él se quedó con buen recuerdo de mí y cuando se hizo rico, regresó. En adelante yo voy a mantener este lugar y voy a mantenerte a ti dijo. Y así fue. Puso dos tipos con pistola en la puerta y se convirtió en mi único visitante.

Hasta que un día no volvió más.

Fue entonces, cuando estaba yo tratando de reorganizar mi vida y de retomar mi trabajo, que apareciste tú. No puedo olvidar la cara de sorpresa que pusiste al verme y ver el departamento, seguro que imaginabas todo de otra manera, seguro creíste que las cosas seguían siendo como las leíste en mi cuaderno, sobre el hombre amado el país amado los clientes mi vida y hasta sobre mi apariencia. Y es con esa idea que pensaste que podrías repetir mi historia. Pero como te digo, eso es ya imposible.

Así que por favor, no vengas para acá, no vengas a México.

2

Sobrina adorada,

Vengo entrando del aeropuerto. Acabo de encontrar el sobre que dejaste encima de la mesa y casi me desmayo. ¡Tanto dinero sólo para mí! ¡Y un boleto de avión para irme a la playa!

He llorado mucho, demasiadas emociones se me juntaron. Gracias a ti podré dejar atrás esta vida, gracias a ti podré cerrar para siempre la puerta detrás de mí.

Mientras escribo estas palabras, tú vas por las nubes cruzando el mar, y quién sabe en qué estás pensando.

Hace muchos años le escribí una frase como ésta a tu madre, cuando se fue para Italia a cumplir nuestro sueño de poner allá un hotel, y yo me quedé en México para conseguir el dinero con el cual llevarlo a cabo.

Pero sucedió que nunca la seguí. Ella se casó y vivió allá hasta su muerte y yo me quedé acá porque me enamoré de un hombre con el que viví una pasión tal, que de sólo recordarla aún me estremezco, y con el que conocí y aprendí a amar cada rincón de mi patria.

Entonces no imaginábamos lo que serían nuestras vidas, mucho menos que nunca nos volveríamos a ver. Y peor todavía, que hasta perderíamos todo contacto.

Catorce años han pasado desde la última vez que tuve comunicación con mi hermana. Tú eras una niña y ahora eres una mujer que casi me provocó un infarto cuando te me paraste enfrente, tan parecida a ella. Fue como si el tiempo no hubiera transcurrido o la muerte hubiera regresado de su sepulcro.

Te escribo para darte las gracias por haberme venido a visitar, las gracias por los días maravillosos que pasamos juntas, las gracias por contarme sobre ella, sobre su vida buena y su muerte tranquila, con todo y que tenía esa terrible enfermedad, las gracias por ser como eres, y las gracias por hacerme ver lo importante que es escribir, porque algún día, en alguna parte, alguien lo leerá y tal vez eso servirá para un encuentro un reencuentro un cambio, como me sucedió a mí contigo.

Me parece increíble que te hubieras acordado de tu tía, con todo y que nadie te habló nunca de mí. Me emociona pensar que allí siguen las hadas buenas que siempre me han acompañado. ¿Te imaginas si no hubieras encontrado el cuaderno que alguna vez le mandé a tu madre diciéndole que era para ti? ¡Fue un milagro que ella no lo destruyera con todo y lo muy enojada que estaba conmigo!

Tal vez lo que sucedió es que quería conservar algún recuerdo de mí, aunque fuera escondido en el último rincón de la casa, como dices que estaba cuando te topaste con él.

También es un milagro que hayas sido tú quien lo encontró y no alguno de tus hermanos, porque a saber lo que habría pasado de caer en sus manos. Por lo que me platicaste, no son muy dados a guardar nada, así que menos lo habrían hecho con unas viejas hojas de papel escritas a mano por alguien cuya existencia ignoraban.

Quiero que sepas, aunque no me alcancen las palabras para expresarlo, lo grande que es mi cariño por ti y lo grandes que son mis deseos de lo mejor para ti, adorada sobrina y ahijada, que llevas mi nombre, el que te pusieron por el amor que me tuvo mi hermana y por el que las dos le tuvimos a nuestra madre.

Estas líneas son las últimas que te escribo. Muy pronto mi viaje habrá de comenzar. Te prometo que seguiré escribiendo todo y que algún día te haré llegar el nuevo cuaderno. Tal vez lo querrás leer y quizá hasta servirá para que nos volvamos a ver, si las hadas buenas me siguen acompañando.

Te mando mil besos.

3

Necesito contarte algo para que entiendas por qué no quiero que vengas a México: me preparaba para irme, empacando algo de ropa y algunos recuerdos, cuando se presentó en la puerta uno de los empistolados que siempre acompañaban a mi excliente, ése del que te platiqué que me tuvo en exclusiva para él y que luego desapareció sin dejar rastro. Y así sin más, se me vino encima y me empezó a golpear. Entrégueme usted los billetes que le mandó mi jefe gritaba furioso, los que le trajo mi compañero que cuidaba conmigo su puerta, los necesito ahorita mismo.

¿De qué dinero hablaba? No tenía yo la menor idea. ¿Y por qué me lo pedía de manera tan violenta? Tampoco tenía yo la menor idea. Pero no dije ni una palabra, porque sabía que cualquier cosa que dijera en lugar de calmarlo lo alteraría más.

Me esculcó toda, volteó de cabeza los pocos muebles que quedaban, rajó con una navaja el colchón y el sillón, abrió cajones y puertas del armario y la cocina, hasta que se percató de que no había lo que buscaba. Yo estaba segura de que me mataría, pero lo que hizo fue sentarse en la cama, cabizbajo y desolado. Y se soltó hablando: necesito de verdad ese dinero, necesito independizarme, ser mi propio jefe, dejar de obedecer a otros. Voy a formar un grupo que hará muchas cosas pequeñas, de esas que nadie tiene tiempo ni ganas de perseguir y que me harán rico en muy poco tiempo.

Pero la emoción con que explicó eso se convirtió de repente en enojo. Se puso de pie y se me acercó tanto, que creí que empezaría otra vez a golpearme. Pero no fue así, sólo siguió hablando: mire señora, si no me lo entrega tendré que matarla. Y no quiero hacerlo porque usted no me desagrada, nunca fue grosera conmigo. Así que mejor flojita y cooperando. Y otra cosa: debe largarse ahorita mismo de acá, porque yo me voy a quedar a vivir en este lugar.

Debo de haber puesto cara de sorpresa porque dijo: nimodo que toda su vida se va a quedar en el mismo sitio. Seguramente está absolutamente harta de eso.

Otra vez no dije ni una palabra, porque después de todo, ese departamento no era mío y además ya estaba por irme, pero también porque sabía que cualquier cosa que dijera en lugar de calmarlo lo alteraría más.

El momento fue difícil, pero el sujeto por fin se fue. No te imaginas el estado de nervios en que quedé. Afortunadamente Dios es grande y el tipo no se dio cuenta de que el dinero que tú me habías dejado, estaba encima de la televisión, envuelto en la vieja mascada que me había regalado mi primer novio, una que no me quitaba nunca, aunque él se burlaba y decía que parecía yo retrato, diario con lo mismo.

Pero entonces tuve clara conciencia de que mi decisión era la correcta. Porque si antes lo dudaba, ahora estoy segura de que no podría seguir en este negocio, y si antes lo dudaba, ahora estoy segura de que no podría soportar más esta vida mía que había sido el paraíso, pero ahora ya era nada más y todo el tiempo el infierno, el puro infierno.

4

Como el boleto que me diste era para Cancún, porque según tú lo que más falta me hacía era ir a la playa, pues para allá me fui.

Pero ¡qué cosa! Desde que bajé del avión todo fue horrible. No tenía yo idea de que se podía cobrar tanto por un taxi por un refresco por una habitación de hotel. Y todo ¿para qué? Llegas a la playa y no puedes echarte a tomar el sol porque las famosas arenas blancas ya no existen, hay tanto sargazo que parece que caminas en un pantano y además huele feo. ¡Hasta los lancheros se quejan porque el mar también está lleno de eso! ¡Hasta un bloguero famoso estaba grabando un video en el que le reclamaba al presidente de la República por no atender el problema!

Así que, querida sobrina, con disculpas pero me fui lo más pronto que pude. Total, lo que sobra en México son playas. Así que decidí buscar alguna que estuviera limpia y con precios normales.

Empecé por ir a las de Yucatán, porque están allí nomás, cerquita. Tomé un camión y en tres horas estaba yo en Progreso, en eso que llaman la costa esmeralda, porque el mar tiene ese color bellísimo.

Lo que no es bello, es que el camino que corre paralelo a la playa está lleno de basura botellas de plástico cajas empaques vacíos, y que las lagunas a donde llegan los flamingos y otras aves están llenas de cascajo.

Nunca me pude bajar del camión, pues en todo el camino no había hoteles donde quedarse. Según una mujer que venía sentada junto a mí cargando un bebé, aquí son puras casas de gente que viene en los veranos y les renta a otros que vienen en los inviernos.

¿Y tú cómo sabes eso? pregunté.

Yo limpio una de esas casas y mi esposo la cuida contestó. Está más adelante, orita se la enseño.

Varios kilómetros después me señaló una construcción. Afuera había un pequeño muro negro que decía Las Xaninas. Allí es dijo, pero no se bajó. Me voy a seguir a mi casa, nosotros somos de Telchac, Telchac pueblo, no Telchac puerto dijo.

¿Cómo se llama tu niña? pregunté.

Xanina contestó.

¿Igual que la casa donde trabajas?

Igual que las hadas a las que les pedimos el favor: sal xanina sal, toma de la mi pobreza y dame de la tu riqueza.

Me quedé callada, ¿qué podía decir?

Pasamos por lugares con nombres extraños: Chicxulub Dzemul Xcambó. En Dzilam acabó la corrida.

Hasta acá nada más se puede pasar me explicó el conductor, un huracán se llevó el camino y no lo han reparado.

Regresé entonces a Progreso y en la terminal, viendo las opciones, tomé el camión para Veracruz.

Me dormí cuando pasamos por Campeche, así que no vi la muralla que apenas si recordaba, pero estuve despierta cuando pasamos por Tabasco y me dolió ver que allí seguían, igual que en mi recuerdo, las pobres vacas hechas puro esqueleto, muertas de sed en un estado con los ríos más anchos del país, un estado que año con año se inunda y el agua arrasa con todo a su paso.

Muchas horas después, cuando por fin llegué al puerto jarocho, me seguí hasta Boca del Río, pues aunque la arena y el mar son grises y fríos, yo la recordaba como una playa tranquila.

Pero nunca supe si seguía siendo así, porque me topé con un verdadero lío, las calles llenas de patrullas y policías, pues esa mañana habían encontrado un montón de cadáveres debajo de un puente.

Entonces, pues me regresé a la terminal y le pregunté al que vendía los boletos a cuál playa bonita se podía ir, empeñada en darte gusto a ti, que me lo ordenaste.

Mire señora contestó, aquí en Veracruz la cosa está muy fea por todas partes. Por qué no se va más al norte, dicen que hay buenas playas. Una vecina nuestra habla de una que se llama Barra del Tordo, que está en una zona donde convergen laguna, río y mar, hay manglares y cenotes y tortugas.

Le agradecí al señor Rodulfo y me subí al camión que iba para Tampico. Era un viaje largo en una carretera que costeaba por el Golfo.

Allí íbamos muy a gusto, cuando nos detuvieron y ya no nos dejaron seguir. Había helicópteros y soldados, parecía zona de guerra. Según una señora que venía sentada en la fila de atrás, un comando armado había entrado a no sé cuál municipio y calle por calle había ido asaltando golpeando disparando a cuanto ciudadano encontraron, a los policías los colgaron de los semáforos y destruyeron todo a su paso.

Mucho rato estuvimos sin movernos y sin que nadie nos explicara nada. Había niños llorando, el baño estaba al tope de su capacidad, el aire olía a encierro y sudor y desesperación. En el radio se escuchaba un comercial: Visita Tamaulipas, maravilloso destino que te dejará deslumbrado, lleno de naturaleza, playas, pueblos mágicos y lugares listos para recibirte.

Me di cuenta entonces, de que venir acá tampoco había sido la mejor decisión, así que apenas llegamos a la terminal y con todo y lo cansada que estaba, me fui al aeropuerto para salir de allí, irme lejos, al otro extremo del territorio, hasta el Océano Pacífico que seguro, ése sí, me esperaba con los brazos abiertos.

Quiero un boleto para una playa tranquila en Baja California le pedí al que atendía en el mostrador. Ay señora, se acaba de ir el vuelo a La Paz, de allí ya quedan cerca Los Cabos, pero dentro de dos horas sale un vuelo a Hermosillo y de allí ya quedan cerca las del Mar de Cortés.

Eso hice. En avión primero y luego en camión me fui para allá. Según las fotos de una revista que encontré sobre el asiento junto al mío, era un lugar precioso, así que iba yo feliz. Pero cuál no sería mi sorpresa, que cuando llegué no se podía ir a la playa, porque a una empresa se le acababan de derramar tres mil litros de ácido en pleno mar, y aunque ellos decían que no pasaba nada, que todo estaba controlado, los ambientalistas aseguraban que el agua se había contaminado mucho.

Así que mejor puse pies en polvorosa. Y de plano hice lo que debí haber hecho desde el principio: irme a lo conocido, a la playa de la que escuché hablar desde niña, a la que siempre fue la ilusión de mis padres aunque nunca pudieron ir, a la que el hombre que hace muchos años me llevó por todo el país decía que era la más hermosa del mundo porque allí habían estado Rita Hayworth y María Félix: Acapulco. ¡Cómo le gustaba cantar Acuérdate de Acapulco / María bonita María del alma!

Así que compré mi boleto y para allá me fui.

Pero sucedió que cuando me bajé del avión y tomé un taxi para ir al hotel, no pudo pasar porque el camino estaba cerrado por maestros enojados con el gobierno quién sabe por qué, y su actitud era bastante agresiva. Así que tuvimos que dar un vueltón de casi dos horas, en pleno calor del día, por lugares que yo ni imaginaba que existían, un Acapulco que no sale en las fotos ni en las películas, calles de tierra casuchas con techo de lámina montones de niños descalzos y moquientos de jóvenes sin nada que hacer y de muchachitas vendiéndose.

Para cuando por fin llegué al hotel, agotada física y emocionalmente, sólo pensaba en cómo irme de allí lo antes posible.

Y eso hice. A la mañana siguiente me trepé a un camión (¡no iba a regresar al aeropuerto!) y me fui para mi adorada Ciudad de México ¡aunque no tuviera playas!

Pero sucedió que el dicho camión hizo una parada en Cuernavaca, y a mi memoria llegaron unas camas que rechinaban cuando mi amado y yo hacíamos el amor y un jardín donde nos sentábamos en las tardes para oír a los pájaros que se ponían sobre los cables de luz. Entonces sin pensarlo dos veces, me bajé.

Mi primera impresión del zócalo de la ciudad, fue que todo estaba igual que en mi recuerdo: el kiosco donde venden licuados de frutas, las dos plazas una junto a la otra. Pero poco a poco me di cuenta de que no era así, porque la grande estaba sin sus viejos y frondosos árboles y demasiado llena de gente que la había convertido en un muladar.

Frente al Palacio Municipal había un plantón y las personas llevaban fotos de unos jóvenes a los que habían asesinado. Más allá, otros escuchaban un concierto sentados en sillas plegables. Y todavía más allá, había parejas bailando danzón mujeres indígenas vendiendo artesanías hombres jugando ajedrez puestos de fritangas y heladerías con mucha gente comprando.

Después de pasear un rato, regresé a la terminal y esa misma noche llegué a mi ciudad, la Ciudad de México.

Aunque parezca de risa, pero me tuve que quedar en un hotel, pues ya no tenía casa. Elegí uno en el centro, porque no eran tan caros.

Lo primero que hizo el hombre de la recepción luego de asignarme la habitación y hacerme pagar por adelantado, pues le pareció muy extraño que no tuviera una tarjeta de crédito, fue hacerme firmar de enterada de todas las cosas a que los obligaba el gobierno y que ellos cumplían: qué hacer en caso de incendio o temblor conocer dónde está la salida de emergencia no fumar pues es un espacio libre de humo decir no a las drogas nada con exceso y todo con medida se prohíbe la entrada a menores de edad a los lugares donde se expende alcohol y ver los canales de cable no vigilados por los padres usar siempre el cinturón de seguridad en el auto y el casco en la moto o bici. Al final de la lista venían tres leyendas: en esta empresa no se discrimina por razones de género color de piel edad religión condición económica ni ninguna otra tanto para nuestro personal como para nuestros clientes sus datos personales están protegidos por la ley aliméntate sanamente.

Una vez enterada de todo eso, y portándome como turista, que al fin y al cabo sí lo era, le pregunté a dónde me recomendaba ir. A Chapultepec Xochimilco y Coyoacán dijo, y me entregó un folleto con los museos iglesias sitios arqueológicos restoranes y antros. ¡Era de no creerse la cantidad de cosas que había en la ciudad y yo que aquí había nacido no tenía ni idea!

Comencé con la colonia Condesa, porque me acordé que con mi primer novio íbamos a los parques que tienen allí y nos sentábamos durante horas en las bancas.

Y sí, allí seguían esos parques. Pero ahora estaban llenos de perros, montones de perros a los que les enseñaban a sentarse a recoger una pelota a correr y caminar, pero cuya mierda nadie recogía.

Regresé al hotel a pie, porque quería conocer. Me fui caminando por Insurgentes luego por Reforma luego por Juárez luego por Madero y para cuando llegué creí que me desmayaría de tan cansada.

El de la recepción no se sorprendió cuando le conté lo que hice, al contrario, le pareció perfecto porque según dijo, en el transporte público asaltan. A mi vez le dije que era peor caminar, pues las calles están demasiado llenas de gente y de autos que nunca se detienen ni dejan cruzar y con las banquetas chuecas baches desniveles y coladeras sin tapa.

Dos días completos no me moví de la cama hasta que logré reponerme. Pero en ese tiempo fue cuando decidí quedarme a vivir en la capital y dejarme de dar vueltas por el país, que ya no era el que yo había conocido.

El de la recepción me consiguió un taxi manejado por un amigo suyo y me lancé a buscar departamento.

Pero para mi sorpresa, en el centro los que parecían vacíos no estaban en renta porque eran bodegas o talleres de costura, tampoco lo estaban los de la Cuauhtémoc porque se los habían apropiado grupos de delincuentes y solamente su gente podía habitarlos, ni los de la Condesa porque se habían dañado con un temblor y no los habían arreglado, ni los de Coyoacán porque sólo recibían extranjeros.

Así que otra vez, cuando llegué de regreso al hotel, creí que me desmayaría de tan cansada y otra vez dos días completos no me moví de la cama hasta que logré reponerme.

Pero en ese tiempo me di cuenta de que ya no tenía nada limpio que ponerme. El de la recepción me consiguió otra vez el taxi manejado por su amigo y me lancé a un centro comercial. Allí aproveché para entrar a un salón de belleza y cortarme el cabello.

Salía yo del almacén con mis bolsas llenas de camisetas y ropa interior, cuando vi en el estacionamiento a dos hombres que discutían. Era por un lugar para dejar el auto, que yo lo vi primero no que yo, cuando de repente uno de ellos sacó un cuchillo y se lo clavó al otro en la sien, junto al ojo. Pero el lastimado siguió de pie como si nada, con el punzante enterrado en su cabeza y hablando por teléfono. El lastimador en cambio se quedó inmóvil, como si estuviera sorprendido por lo que había hecho. Y los que estábamos alrededor tampoco nos movimos ni hicimos nada, como no fuera mirar.

Así que una vez más, cuando llegué al hotel creí que me desmayaría, pero esta vez no por cansancio sino por horror. Así que de nuevo dos días completos no me moví de la cama hasta que logré reponerme, pero fue en ese tiempo que decidí mejor no quedarme a vivir en la capital porque ya no me sentía a gusto y me urgía alejarme de allí.

5

Pero ¿a dónde?

El país que había yo recorrido hacía años, el país que me sorprendió me encantó me sedujo me fascinó, hoy me era no sólo desconocido sino ajeno. Y por si eso no bastara ¡me daba miedo!

¿Ir a San Miguel de Allende a Oaxaca a San Luis Potosí a Orizaba? ¿Habrá todavía azulejos y huipiles y enchiladas rojas y neblina? ¿Ir a Villahermosa en un extremo del territorio o a Monterrey en el otro, a los Altos de Jalisco o a los Altos de Chiapas? ¿Habrá todavía manatís serpientes vivas frutas recién cosechadas leche apenas ordeñada? ¿Existirán todavía los que tejen los que amasan los que rezan en un templo los que trajinan en un mercado?

¿A dónde entonces?

No se me ocurría nada. Hasta que a mi mente empezaron a llegar los recuerdos. Me acordé de las caminatas por las ciudades coloniales, con sus calles derechitas sus iglesias sus plazas, y entonces quise volver a Mérida y a Guanajuato y a Morelia y a Zacatecas.

Y para allá me fui.

A la ciudad blanca llegué un mediodía lleno de luz, y me sorprendió que ni una sola persona andaba por las calles. ¿Qué pasa? le pregunté al del hotel. Es que todos le huyen a los 41 grados de calor me contestó. Y en efecto ¡hasta los árboles parecían acalorados!

Como yo tampoco lo aguantaba, me subí a una calandria de las muchas que esperaban en la esquina. Pero en cuanto el conductor empezó a golpear con el fuete al caballo que la jalaba, el pobre animal cayó muerto, completamente muerto. El hombre no podía creerlo. Se bajó corriendo y quiso desatarlo acariciarlo hacer algo, pero era demasiado tarde, el animal insistía en estar muerto. De las otras calandrias se acercaron los conductores: ¿Pos qué no le dites agua? ¿Pos qué no había tragado? ¿Pos qué no te fijastes si ensució con sangre? ¿Pos a quioras te quitaste?

Entonces mejor me fui de allí, la imagen del pobre animal doliéndome en el cuerpo.

A Guanajuato llegué una media tarde con poca luz, y también me sorprendió que ni una sola persona andaba por las calles. ¿Qué pasa? le pregunté al del hotel. Es que todos le huyen a las balaceras me contestó. Y en efecto ¡hasta los policías parecían tenerle miedo a los disparos!

Entonces mejor me fui de allí, la imagen de la bella ciudad doliéndome en el recuerdo.

Tomé el camión para Morelia a la medianoche. Iba muy contenta por acordarme de lo que me había comprado allí el amado: los muebles de madera blanca el cofre laqueado y la falda de enredo con blusa bordada, que cuando me la puse por primera vez me recitó unas palabras en purépecha: mian shan xarani/estoy pensando en ti.

Apenas habíamos salido al camino, cuando me quedé dormida, agotada de tanto andar de acá para allá. Y no me enteré de nada hasta que alguien me tocó el hombro y me dijo que me tenía que bajar porque allí terminaba el viaje.

¿Ya llegamos a Morelia? pregunté completamente adormilada.

Estamos en Apatzingán contestó el hombre.

¡Pero si yo iba a Morelia!

Ah, se rio, pues ya no fue usted, eso quedó atrás hace muchas horas. Ahora está usted en Apatzingán, Apatzingán de la Constitución.

6

Me bajé del camión sin la menor idea de dónde estaba, pues con todo y mis viajes por México, jamás había escuchado hablar de este lugar.

Empecé a caminar arrastrando mi maleta. Aquí tampoco había ni un alma en las calles y ningún negocio estaba abierto, quizá por el calor, quizá por las balaceras, quizá porque era demasiado temprano.

En eso vi una casa en cuya puerta de metal de color negro colgaba un letrero anunciando que se rentaba habitación para señorita decente. Toqué mientras me encomendaba a todos los santos del cielo y de la tierra.

Unos minutos después abrió una señora que dijo ser la dueña y me enseñó el cuarto de marras. Tenía una cama una mesa un ropero con espejo las paredes pintadas de verde y el piso de cemento. Enfrente, el baño recubierto de mosaico también verde un escusado un lavamanos una regadera sin cortina.

Por supuesto, allí me quedé. No era cosa de ir a buscar otro lugar, considerando que de todos modos no conocía nada.

Nos caímos bien la señora Lore y yo. Vivía en esa casa con su madre, que pasaba el tiempo sentada en un sillón mirando la televisión y a la que todos respetaban y cuidaban, dos niñas flacas que temprano se iban a la escuela y una muchachita muy joven que limpiaba la casa y lavaba la ropa.

En las mañanas doña Lore guisaba y en las tardes se sentaba ella también frente al televisor. Entonces llegaban otras mujeres: que la vecina que la de las limosnas de la parroquia que la de la bonetería del jardín, y todas veían las novelas y platicaban.

¿Quién es esta señora? se oyó una noche decir a un joven que apareció junto a nosotros sin hacer ruido, como caído del cielo.

Es la que me renta el cuarto le respondió doña Lore.

El joven desapareció sin decir más. Es mi hijo me explicó, un buen muchacho que nos cuida nos da para el gasto nos compra ropa nos hace regalos, es el que me trajo la pantalla plana que ves en la sala.

Ya tarde, después del último noticiero, me fui a mi cuarto a descansar.

Me despertó un golpe brutal en plena cara. Mi nariz empezó a sangrar como llave abierta. Los golpes siguieron, en la cabeza en el estómago en el pecho. Dígame qué busca qué hace aquí a qué vino decía el que me golpeaba. Yo no podía ni siquiera verlo y no alcanzaba a decir nada cuando ya me caía encima el madrazo siguiente y la siguiente pregunta. La voy a matar si no me dice la verdad decía.

Si no cumplió su amenaza fue porque entró doña Lore, pero qué haces por amor de Dios, deja en paz a esa mujer gritó mientras trataba de detenerlo.

Quiero que diga a qué vino quién la mandó qué quiere de nosotros.

Nadie me mandó y no quiero nada ni busco nada, respondí como pude, sólo ando paseando por México y vine a dar acá por error, porque me quedé dormida en el camión.

Quiero que se largue de aquí ahorita mismo, y agradézcale a mi señora madre que la haya defendido, porque si no es por ella, ya no estaría usted en este mundo.

Pero no me pude ir. Porque no me pude levantar. Me dolía todo el cuerpo, tenía la nariz la cara y el estómago hinchados hasta la deformidad, y el médico que trajeron aseguró que tenía rotas dos costillas y la clavícula.

Fue la abuela la que se enfrentó al muchacho. Siete semanas ella no se debe mover para que los huesos le peguen dijo, así que aquí se queda la señora.

Y allí me quedé. A esperar a que mis huesos pegaran.

Los primeros días el dolor era tan grande, que se me salían las lágrimas. Las mujeres de la casa me daban a tomar agua y me ponían la bacinica. Dormía yo mucho tiempo, creo que por las medicinas tan fuertes que me recetaron, unas inyecciones que la abuela me aplicaba. Y yo, que tan miedosa era de las agujas, ni chistaba.

Entre sueños escuchaba: cuando el hijo se iba cuando regresaba cuando venían las vecinas cuando la muchacha salía al mercado. También oía las pláticas de las mujeres: que si agarraron a fulano y su esposa jaloneó a los policías gritando que lo suelten que si mengano ya no pudo seguir con el limón y tuvo que juntarse con los malos qué podía hacer el pobre si tiene montón de hijos y además se encarga de sus padres y de varios hermanos que si eso que andan diciendo de que el ejército va a patrullar servirá de algo yo creo que no porque los soldados a los que mandaron tienen el miedo puesto en la cara.

Mucho tiempo estuve así, no se cuánto. Me familiaricé con los ruidos de la casa con sus olores con sus ires y venires. Y las mujeres que allí vivían se familiarizaron con la idea de que había una mujer más en su hogar a la que cuidaban y alimentaban.

Hasta que me sentí mejor. Hasta que ya me pude sentar en la cama y mirar por la ventana la calle solitaria, en la que a veces algún perro buscaba algo de comer en las bolsas de basura que dejaban allí nomás sobre la banqueta. Hasta que pude comer los purés que la abuela ordenó que me cocinaran. Hasta que logré ir al baño apoyada en las hijas de doña Lore que se volvieron mis muletas. Y por fin, hasta que conseguí bajar las escaleras y sentarme en la mesa y comer la comida y empezar a ayudar en la cocina: me pasaban los frijoles para limpiarlos los ejotes para cortarles las puntas las verduras para picarlas las papas para pelarlas.

Así pasaron los días y las semanas y los meses. Hasta que mis huesos pegaron y ya no me dolían más. Entonces me paré en la sala cuando estaban viendo el noticiero y les dije a doña Lore y a la abuela: ya estoy curada, ya me voy.

Pero cuál no sería mi sorpresa cuando las dos dijeron que no, que por ningún motivo me podía ir, y cuál no sería todavía más mi sorpresa cuando el muchacho, que en ese momento entraba a la casa, ordenó: ni se le ocurra, aquí se queda la señora.

Y allí me quedé. Porque ésas fueron sus órdenes.

Y porque la verdad es que no tenía a dónde ir ni con quién ir ni para qué ir.

Empezó entonces mi vida en Apatzingán de la Constitución Michoacán de Ocampo México.

7

Una noche mientras dormía, el muchacho se subió encima de mí y sin más trámite me violó. Y antes de que pudiera yo siquiera chistar habló: en esta casa mando yo, soy el mero mero y todos lo saben, también usted lo debe saber y por eso ahorita se lo estoy haciendo saber.

Y así fue. Me lo hizo saber y lo supe. Y desde entonces tuve que aceptarlo encima de mí noche tras noche madrugada tras madrugada, aunque mi cuerpo lo último que quería era sexo. Y tuve que bailar con él pieza tras pieza cuando puso música a un volumen insoportable, aunque mi cuerpo lo último que quería era moverse. Y tuve que beber con él vaso tras vaso de las botellas que traía con líquidos de sabor horrible, aunque mi cuerpo lo último que quería era alcohol. Y tuve que escucharlo cantar canción tras canción, si eso que salía de su garganta se podía considerar canto.

En algún momento estuve tentada a pedirle ayuda a la madre o a la abuela, pero ellas hacían como si nada pasara, como si no se hubieran enterado o no les importara.

Y no sólo eso. En una de esas mañanas en que preparábamos el guisado en la cocina, doña Lore me la soltó:

mi hijo es el rey de esta casa, ya te habrás dado cuenta. Él tiene el derecho de hacer y decir lo que quiera. Y nadie lo contradice. También tú lo debes saber y por eso ahorita te lo estoy haciendo saber.

Y así fue. Me lo hizo saber y lo supe.

Días después, en una de esas tardes en que veíamos la televisión en la sala, doña Lore me lo repitió: mi hijo nos cuida nos da para el gasto nos trae regalos. Es un buen muchacho, aunque a veces un poco enojón, pero eso no es su culpa, son las malas influencias de algunos con los que anda y es el estrés que tiene por su trabajo.

Me quedé callada, ¿qué podía decir?

Una noche el rey de la casa, el que tenía derecho de hacer y decir lo que quisiera, al que nadie contradecía, decidió que ya no se iría a su habitación, sino que se quedaría a dormir conmigo.

Fue así como Alfonso, a quien todos llamaban Poncho, dejó de ser mi golpeador y mi violador y se convirtió en mi amante. Un amante impetuoso, lleno de energía y juventud.

Cosa extraña: de repente era yo otra vez la proveedora de lo que un hombre buscaba y sabía yo perfectamente cómo hacerlo, pues según decía la abuela, lo que bien se aprende no se olvida.

Mi vida adquirió entonces su rutina: en las mañanas ayudaba en la cocina, en las tardes veía televisión con las mujeres y en las noches me ocupaba del muchacho, que había encontrado en mi cama su escuela para aprender artes amatorias y también el único lugar del mundo donde se sentía seguro, donde se atrevía a dormir.

Usted me va a cuidar ¿verdad señora? no me va a abandonar ¿verdad señora? no me va a traicionar ¿verdad señora?

preguntaba. Claro que te voy a cuidar claro que no te voy a abandonar ni te voy a traicionar le contestaba.

Empecé a sentir una gran ternura por este jovencito que se fingía tan poderoso y actuaba con tanta violencia, pero que cuando se quedaba dormido, con su cuerpo flaco y su cabello revuelto, parecía tan desvalido.

Pronto lo comencé a limpiar con un trapito, humedecido con agua y jabón, pasándoselo muy suavemente. Le tuve que quitar las botas y la chamarra, porque siempre se acostaba vestido de pies a cabeza. Y él se dejó, y una vez hasta se acurrucó en mí y me dijo madre.

Y fue así como Alfonso, a quien todos llamaban Poncho, dejó de ser mi amante y se convirtió en mi hijo, un hijo asustado, lleno de miedos y pesadillas.

Cosa extraña: de repente era yo por primera vez madre y no tenía ni la menor idea de en qué consistía eso, pues según decía la abuela, lo que no necesitamos nunca lo aprendemos.

8

La maternidad se convirtió en mi vida. Nada me interesó más, nada me atrajo más, y nada me ocupó más. Descubrí un mundo no sólo desconocido sino inimaginable. Y descubrí un modo de querer a alguien que nada tenía que ver con los amores que había experimentado.

El Poncho se convirtió en el centro de mi existencia. Y en su periferia. En su cielo y en su tierra. En el todo y en las partes. En el arriba y el abajo, el en medio y las orillas.

Lo esperaba a cualquier hora, le preparaba sus alimentos, le lavaba y planchaba su ropa, lo bañaba y acicalaba. Y eso le gustó tanto, que me empezó a hacer regalos: que una mascada que un perfume que unos zapatos, y hasta puso una televisión en mi recámara, para que yo pudiera escoger lo que quería ver.

Así fue que en vez de telenovelas, empecé a ver programas en los que sicólogas educadoras médicas y madres de familia, explicaban cómo había que cuidar alimentar educar y apoyar a los hijos.

Esto es lo que decían: que las madres son las que enseñan los saberes básicos para la vida los modelos de conducta y de relación los valores; que las madres tienen virtudes como la compasión la paciencia el sentido común; que las madres son las conservadoras del fuego doméstico centro mágico de todo lo que existe; que las madres deben hacerse responsables de sus crías amarlas y cuidarlas hasta que crezcan; que la relación madre-hijo está sustentada en el amor, la madre ama al hijo incondicionalmente no porque él lo merezca sino porque es su hijo, lo adora y admira no porque haga esto o aquello sino porque es él.

Y pues yo me lo tomé completamente en serio. Y a las pocas semanas ya había asumido completamente el papel.

¿A dónde vas mijo? preguntaba.

A mis asuntos respondía.

¿Cuáles son esos asuntos?

Usted eso no lo debe preguntar.

¿Y qué pasa si lo pregunto?

Pues que con la pena, pero no le voy a contestar.

Dime nomás si estudias o trabajas preguntaba.

Eso no es asunto suyo respondía.

Pero quiero saber de ti, quién eres qué haces con quién te juntas.

Pues con la pena, pero no le voy a contestar.

¿Por qué llegas tan tarde mijo? preguntaba.

Porque ando haciendo mis cosas respondía.

¿Y cuáles son esas cosas?

Usted eso no lo debe preguntar.

¿Y qué pasa si lo pregunto?

Pues que con la pena, pero no le voy a contestar.

Dime nomás si andas metido con los malos preguntaba.

Eso no es asunto suyo respondía.

Pero quiero saber de ti, si corres algún peligro.

Pues con la pena, pero no le voy a contestar.

¿Estuviste en la balacera que hubo hoy en la plaza? preguntaba.

Usted eso no lo debe preguntar respondía.

¿Y qué pasa si lo pregunto?

Pues que con la pena, pero no le voy a contestar.

¿Tuviste algo que ver con la muchacha esa que desapareció? preguntaba.

Usted eso no lo debe preguntar respondía.

¿Y qué pasa si lo pregunto?

Pues que con la pena, pero no le voy a contestar.

¿Andabas con los que quemaron el restorán del centro? preguntaba.

Usted eso no lo debe preguntar respondía.

¿Y qué pasa si lo pregunto?

Pues que con la pena, pero no le voy a contestar.

¿Participaste en el asesinato del síndico? preguntaba

Usted eso no lo debe preguntar respondía.

¿Y qué pasa si lo pregunto?

Pues que con la pena, pero no le voy a contestar.

¿Sabes que si haces cosas malas te pueden llevar a la cárcel y hasta te pueden matar? preguntaba.

¿Y a usted qué le importa? respondía.

Porque las madres sufrimos si a nuestros hijos les pasa algo. Como la pobre que vio al suyo policía morir cuando los emboscaron en el camino hacia Aguililla. Tan joven él. Ella lloraba y le decía horrores al gobierno que no cuida a sus agentes.

¡Ésa fue la Catrina!

¿La conoces?

La conozco. Muy guapa, le gusta harto la fiesta.

¿Y su madre no se enoja?

Pues eso no sé, pero lo que sí sé es que hay madres que

no se enojan. Al revés. Yo vi a una decirle a mi jefe que no uno sino dos de mis muchachos ya trabajan para usted y ahora le ofrezco a mi hija, mire qué bonita es.

¿Tu jefe? ¿Cuál jefe?

Usted eso no lo debe preguntar.

¿Y qué pasa si lo pregunto?

Pues que con la pena, pero no le voy a contestar.

¡Es que no quiero que te maten!

¿Y a usted qué le importa?

Porque te quiero.

¡Pues no me ande queriendo!

9

Mira, le dije un día muy seria, necesito saber la verdad de ti. Para poderte cuidar.

Mire, me dijo él también muy serio, no sé de qué verdad habla. Yo no sé nada, nada de nada.

Pero sí que sabía. Y gracias a que se enfermó con mucha calentura y estuvo delirando, empecé a saber yo también.

Supe que andaba con los empistolados y que su jefe le tenía buena ley. Que cobraba las cuotas para él pero tenía permiso de cobrar también sus propias cuotas, aunque muchos se molestaban por tener que pagar doble.

Supe que a todas partes iba con uno al que le nombraban el Botas y que su jefe le encargó enseñarle lo que tenía que aprender.

Así que cuando lo mandaron a matar a un comandante, de esos que vienen de la capital muy engallados y quieren decidir y mandar, llevó al Poncho. Se fueron en una patrulla y cuando el hombre salió de su casa ni tiempo tuvo de reaccionar, el Botas le dio los tiros y se largaron del lugar.

El jefe quedó tan contento que les regaló a cada uno un buen fajo de billetes.

Y cuando lo mandaron a quitar a unas viejas que andaban frente a la presidencia municipal con las fotografías de sus hijos desaparecidos y de sus chamacas violadas, también llevó al Poncho. Se fueron en una patrulla y cuando llegaron a la plaza las mujeres ni tiempo tuvieron de reaccionar, el Botas echó los tiros y se largaron del lugar.

El jefe quedó tan contento que les regaló a cada uno una pistola y además les permitió ir con los que emboscaron a unos soldados, a los que les dejaron cinco muertos y tres heridos, y eso que ellos eran sólo catorce y que toda la balacera no duró ni media hora.

Supe que si el Americano que si el Hipólito que si el Chango que si El Más Loco que si el Kike que si la Tuta; que si el Mencho peleaba contra el Marro que si el Nazario estaba vivo aunque el gobierno dijera que lo había matado que si cuando se llevaron al Abuelo todo el pueblo salió a defenderlo y cuando lo soltaron todo el pueblo salió a recibirlo con mariachis; que si la Familia Michoacana que si los Templarios que si los Jalisco Nueva Generación que si los Viagras y que todos pelean contra todos; que si las guardias comunitarias que si las fuerzas rurales que si las autodefensas y que todos dicen que ellos son los buenos y los otros son los malos y todos se acusan que tú estás infiltrado, el infiltrado eres tú.

Supe que si el limón el aguacate el mango el melón deben pagar cinco dólares por caja y que en los pueblos indios deben pagar dos mil pesos por hectárea y que en Aguililla cobran por tonelada de mineral que sacan y además se llevan para venderlo por su cuenta o para cambiarlo por lo que necesitan para fabricar las pastillas que son lo más importante, lo que más dinero deja.

Supe que un día se llevan a los municipales y traen a los

federales que otro día se llevan a los federales y traen a los soldados que al rato regresan aquéllos y se van éstos y todo vuelve a empezar.

Supe que al jefe le gustaba ir a los restoranes en Morelia y sus sicarios cerraban el lugar para que nadie pudiera entrar ni salir, les quitaban los celulares a los comensales y todos se tenían que aguantar nadie podía protestar. Eso sí, les decían que pidieran lo que quisieran beber y comer, pues todo correría por cuenta de ellos.

Supe que cuando al jefe no le gustaba algo, sus sicarios cerraban la ciudad para que nadie pudiera entrar ni salir, ni los camiones ni las personas ni los alimentos ni las medicinas ni la gasolina y todos se tenían que aguantar nadie podía protestar. Eso sí, todo parecía muy alegre, pues los tipos cantaban somos banda, banda sin vergüenza y banda sinvergüenza.

Supe que un presidente les declaró la guerra y otro les mandó a un comisionado que un gobernador se entendía con ellos y otro dijo que iba a despachar en Apatzingán.

Todo esto supe, pero me quedé callada, ¿qué podía decir?

10

Por la ventana de la cocina los vi venir. Luego luego se miraba que no era para nada bueno.

Apenas tuve tiempo de avisarle a Poncho, cuando ya habían tirado la puerta y ya se habían metido a la casa.

Eran cuatro con unas armas enormes que empuñaron contra nosotras. ¿Dónde está ese hijo de puta? preguntaban mientras buscaban por todas partes gritaban insultaban. No sabemos decía doña Lore, él nunca nos avisa a dónde va ni cuándo va a regresar. Como eso no les gustó, pues así sin más le metieron dos tiros. Luego le preguntaron lo mismo a la abuela, que no contestó pero jaló a la sirvienta y se cubrió el cuerpo con ella. La bala que iba para la anciana le rozó el brazo a la muchacha y de allí se fue derechito al perico, que en su jaula gritaba enloquecido.

A mí uno me dio un golpe tan fuerte que fui a dar bajo la mesa y a las dos niñas se las llevaron pataleando y gritando enloquecidas.

Pero por más que hicieron todo eso y por más que voltearon la casa patas arriba, no encontraron al Poncho.

Cuando se fueron, aquello era un desastre. De todas las mujeres de la casa, una era cadáver, otra estaba herida, una golpeada y la abuela a punto de un ataque al corazón. Y había dos menos.

Poco a poco me pude levantar, aunque todo el cuerpo me dolía. Lo primero que hice fue tomarme una de aquellas pastillas que alguna vez, cuando me dieron otra golpiza, me había recetado el doctor. Y en cuanto me hizo efecto, empecé a actuar.

A doña Lore, que había quedado al pie de la escalera, la envolví en una sábana grande para poderla arrastrar hasta la sala, donde la acomodé muy estiradita encima del tapete y le prendí una veladora. A la abuela, que había quedado paralizada en su sillón, le preparé un té de tila y la llevé a su cama donde la acosté para que descansara. A la sirvienta, que había quedado tirada en el piso, la puse en la cama de una de las niñas desaparecidas y la curé como Dios me dio a entender, con puro alcohol y más alcohol. Pero como la herida no paraba de sangrar, corté una sábana y se la amarré bien apretada como había visto en la televisión que se hacía para parar las hemorragias, y le di también de las medicinas que habían sobrado de cuando yo estuve lastimada.

Era casi una niña y me miraba con ojos de cordero asustado cuando le saqué la plática.

¿Dónde es tu cuarto? pregunté.

No tengo cuarto seño contestó.

¿Dónde duermes? pregunté.

Pongo mi catre en la despensa seño contestó.

¿Dónde es tu baño? pregunté.

No tengo baño seño contestó.

¿Dónde haces tus necesidades? pregunté.

En la coladera del patio de atrás de la cocina seño contestó.

¿Dónde te bañas? pregunté.

En la misma coladera me echo el cubetazo de agua seño contestó.

¿Y tu familia dónde está? pregunté.

No lo sé seño contestó.

¿Cómo que no sabes? pregunté.

Es que nosotros somos de La Ruana, pero ya se juyeron y quién sabe para dónde contestó.

¿Y por qué huyeron? pregunté.

Porque ya no podían sembrar contestó.

¿Y por qué no podían sembrar? pregunté.

Pero ya no me contestó. Se quedó callada. Y yo no insistí.

Cuando me fui de allí me di cuenta de que no le había preguntado su nombre. En la casa todos la llamaban oye tú y yo también la llamé siempre así.

11

Enterré a doña Lore sin que su madre ni sus hijos estuvieran presentes. La abuela, porque no se podía mover, el susto y el dolor la habían afectado mucho, y las niñas y el muchacho, porque sólo Dios sabía dónde estaban.

Un señor al que le regalábamos diario las sobras de la comida, me trajo un cajón de muerto, de madera color café, barnizado y con algo grabado encima, que, según dijo, se había encontrado abandonado en el basurero municipal. Le quise preguntar cómo sabía que lo necesitábamos, pero no me atreví. Le quise preguntar cómo era que había un cajón de muerto tirado así nomás, pero no me atreví.

Así que lavé y vestí a la difunta, la metí en su ataúd y le pedí ayuda al vagabundo para conseguir un taxi que me llevara al camposanto.

Yo nunca había salido de casa de doña Lore, desde que llegué a Apatzingán estuve siempre adentro.

El taxista se dio cuenta de cómo miraba todo y dijo: si quiere la llevo a conocer. Y antes de que yo dijera sí o no, ya me estaba enseñando: aquí tenemos la plaza de la Constitución la plaza de los Constituyentes y la casa de la Constitución. En Apatzingán es cosa de mucha Constitución, por el cura Morelos que en este lugar la escribió. Ésa es la presidencia municipal y ésa la iglesia con su torre que tiene un reloj. Para allá están las avenidas Constitución y Plutarco Elías Calles y para acá están el centro cultural que hicieron hace poco en la vieja estación del tren y el lienzo charro. Por este lado se llega a la unidad deportiva con su alberca y por aquel lado a la biblioteca pública con sus libros. Más para allá se llega al mercado y más para acá se llega a la terminal de camiones. Le puedo enseñar el zoológico, allí los niños patinan. O Las piedritas, allí los jóvenes platican. Como hay que enterrar a la difunta, ya no le voy a enseñar los fraccionamientos como La Huerta ni las colonias como Palmira Niños Héroes Los arquitos. Pero cuando quiera, con gusto la llevo. Lo que sí le ofrezco es, si ocupa una misa de cuerpo presente con mariachis como se acostumbra acá, conseguirla a buen precio.

No gracias dije, apabullada con tanta palabra.

Usted manda seño.

Cuando llegamos al panteón, me ayudó a bajar la caja y antes de irse dijo: gracias por su pago, me hizo usted el día y hasta la semana. No sé por qué me prefirió a mí, pero me imagino que es porque las funerarias cobran mucho, con tanto muerto tienen el negocio más próspero de todos los negocios de esta ciudad. Bueno, es un decir, porque los negocios deveras prósperos de esta ciudad son otros, y solito se rio de su broma que yo no entendí.

Unos señores que trabajaban en el lugar, llevaron la caja hasta el sitio donde abrieron un agujero. No había nadie más que mi persona frente a la tumba. Miré el cielo, había un atardecer precioso. Me quedé pensando que la vida tiene cosas extrañas, pues yo que hacía tan poco tiempo ni los conocía, ahora era la única familia presente.

Cuando empezaban a echar las paletadas de tierra, llegó un cura que dijo ser amigo personal de la abuela y al que ella le había llamado para pedirle que fuera. Ahora éramos dos frente a la tumba en ese atardecer precioso. Me quedé pensando que la vida tiene cosas extrañas, pues yo que era una pecadora redomada, ahora rezaba por la señora Lore nada menos que con el Señor Obispo de Apatzingán.

Terminado el entierro y mientras caminábamos hacia la salida, el prelado me contó que la abuela había nacido en Nueva Italia, en una hacienda fundada por un inmigrante italiano en el siglo XIX, en la que vivían y trabajaban puros italianos, más de tres mil según dijo, que era muy próspera, producía maíz frutas algodón arroz. Hasta que el general Cárdenas la expropió y la convirtió en ejido. Fue entonces cuando la familia se vino para Apatzingán y pusieron una tienda, pero no se hallaron, estaban acostumbrados a ser agricultores y no comerciantes, así que acabaron regresándose a su tierra allá en Lombardía. A la hija la dejaron, porque para entonces ya la habían casado con un mexicano, un cacique de esos que siempre andaba con pistola al cinto, queriendo siempre más tierras y más ganado, siendo siempre amigo del delegado del banco ejidal del comandante del batallón y del jefe de la zona militar, que siempre resolvía los asuntos a su modo y hacía de las suyas sin que nadie pudiera con él. Yo le digo doña dijo muy serio, que la violencia por acá ha existido siempre, que no me vengan a decir que es cosa de hoy.

Me quedé callada, ¿qué podía decir?

Salimos del panteón dejando a doña Lore en su última morada como decía doña Livia, y dejando que el Señor goce de su compañía como dijo el obispo.

A lo lejos se escuchaba una canción: Qué bonito Apatzingán / tierra de lindas palmeras / y de hombres de valor sin igual.

12

Lo primero que hice fue limpiar bien la casa, que había quedado llena de lodo de los zapatos de los atacantes y de sangre de los cuerpos de los atacados. Después puse orden en la cocina la sala y las recámaras, que habían quedado revueltas por la buscadera de los armados. Y por fin, enterré junto al árbol de la calle al perico que todavía estaba en su jaula el pobre, ya duro y apestoso.

En los siguientes días, todo fue atender a las dos enfermas: darles sus baños de esponja ponerles ropa y sábanas limpias administrarles sus medicinas servirles sus comidas y sus tés de yerbas. Yo misma me los tenía que tomar, pues estaba muy triste, extrañaba a doña Lore, extrañaba a las niñas y extrañaba sobre todo a mi muchacho.

Así pasaron varias semanas en las que aquello era un hospital y un lugar de duelo.

Pero cuando doña Livia y la muchachita se sintieron mejor, empecé a salir. Necesitaba aire fresco, caminar.

Las primeras veces fui solamente alrededor de la cuadra, porque me dio miedo aventurarme más lejos en esa ciudad desconocida pero de la que había escuchado cosas tan terribles.

Eran puras casas como la nuestra, una tenía zaguán ciego y otra lo tenía de reja ésta era de dos pisos y aquélla de tres las había pintadas de blanco o pintadas de color con jardinera al frente o sin jardinera al frente, pero todas muy parecidas. Y todas cerradas a piedra y lodo, las ventanas protegidas con barrotes para que nadie se pudiera meter y con cortinas para que nadie pudiera ver lo que sucedía adentro.

Había algunos árboles sembrados en las banquetas, parecidos al que ahora alberga a nuestro perico, todos maltratados y llenos de basura que se ve llevaba allí un buen rato: vasos de unicel cáscaras de plátano pañales usados.

Pasados algunos días fui más lejos. Las cuadras de los alrededores eran iguales, las mismas casas las mismas banquetas chuecas los mismos árboles maltratados con la misma basura de latas vacías bolsas de plástico restos de comida.

Una de las casas por las que pasé estaba cerrada con cadenas y candados y tenía colgado un pedazo de cartón con un letrero que decía ¿por qué él? Y junto alguien había pegado una hoja de papel con un letrero que decía cállate el osico dices puras estupideses quieres una madrisa.

Pasados otros días fui aún más lejos, siempre pendiente de saber por dónde regresar y siempre atenta a que aún hubiera luz de día. Llegué a una calle ancha en la que había una papelería Carmelita una tortillería El grano de oro una frutería verdulería y recaudería La frescura de Tierra Caliente y una miscelánea El supercito. Había también puestos en los que vendían comida preparada zapatos vestidos juguetes maletas. En el que se llamaba Churrería General de la República vendían los más deliciosos churros, en el que se llamaba Textiles La Fama vendían los más preciosos sarapes, y en el que se llamaba La biblioteca vendían muchas revistas con fotografías de mujeres semi-desnudas con unas nalgas descomunales y de asesinados con los ojos muy abiertos.

Otro día llegué hasta una avenida en la que había una tienda de plantas La nochebuena roja y una tienda de telas La seda roja. Entré a las dos, en aquélla estuve viendo las macetas, había rosas de muchos colores y flores azules blancas y moradas y en ésta estuve viendo las muestras, había algodones de muchas texturas y con dibujos gruesos y delgados.

Pensé en aprender a usar las viejas palas arrumbadas en el patio de atrás para sembrar mis propias plantas, y en aprender a usar la vieja máquina de coser arrumbada en la habitación de la difunta para coser mi propia ropa. Empezaría por sembrar flores amarillas ahora que se acercaba el día de muertos, quién quita y a doña Lore eso le gustaría y nos echaría su bendición desde el más allá, y empezaría por coserme una camiseta de esa tela amarilla que tiene dibujos de dólares, montones de billetes de cinco y diez y veinte y cincuenta y hasta de cien, que se enciman y se acomodan para un lado y para otro, quién quita y me darían buena suerte para tenerlos de a deveras.

Unos días después encontré sobre esa misma avenida una tienda en la que vendían libros y discos, en cuyo nombre no me fijé. Los libros no me llamaron la atención, pero los discos sí. Entré y estuve viéndolos todos, uno por uno, y pensé en mandar a componer el viejo tocadiscos que tenían arrumbado en un rincón de la sala para escuchar la música de Michoacán, quién quita y me darían buena suerte para que me aceptaran como de este lugar.

Allí mismo se escuchaba una canción: Soy de puro Michoacán / honrado y trabajador.

Una vez me tocó presenciar un desfile. Eran muchachas con uniformes de gala, marchando muy derechitas, moviendo piernas y brazos al mismo tiempo, con un tambor que les marcaba el paso. Cada contingente llevaba un letrero con el nombre de su escuela: academia de belleza tal escuela de estética tal instituto de maquillaje tal centro de estudios de alto peinado tal. Pensé en aprender a usar la vieja cámara de fotografía que tenían arrumbada en el cuarto de Poncho para retratar lo que estaba viendo, quién quita y cuando regresaran nuestras niñas les gustaría también ser cultoras de belleza.

Otra vez me tocó presenciar un asalto. Eran muchachos con las caras tapadas y armas enormes, que entraron al banco gritándole a todos los presentes que se tiraran al piso, mientras saqueaban las cajas de adentro y los cajeros de afuera. Pensé que convendría tener un celular y tomar un video para mandárselo a la policía, quién quita y tal vez así podrían detener a los delincuentes.

Lo que nunca faltó, hubiera sol o lluvia, desfiles o asaltos, fue el carrito que vendía los elotes. Allí estaba todos los días con la gran olla en la que se mantenían calientes y humeantes, los frascos de vidrio llenos de mayonesa mantequilla chile piquín, y su letrero de colores que anunciaba el nombre de la empresa: my lindo apatsingan.

Una vez mientras comía el mío, una señora que también comía el suyo le preguntó al vendedor: ¿Se acuerda don cuando aquí mismo se paraba uno que vendía hamburguesas que luego resultaron ser de carne de perro?

Yo no me acuerdo de nada respondió el aludido. Lo que era era y lo que es es.

Otra vez cuando ya había terminado el mío, una señora que estaba a punto de empezar con el suyo le preguntó al vendedor: ¿Se enteró don de que en el asalto al banco hubo dos muertos y tres heridos?

Yo no me entero de nada respondió el aludido. Yo me enfoco en mis cosas y que ruede el mundo.

Lo que tampoco nunca faltó, hubiera sol o lluvia, desfiles o asaltos, fue el señor que pedía limosna. Allí estaba todos los días con sus viejos zapatos que alguna vez habían sido negros y su viejo suéter que alguna vez había sido blanco. ¿No tendrá un trabajo para mí? preguntaba a cualquiera que pasara ¿No me puede cooperar para comprarme un taco? pedía a cualquiera que pasara.

Cuando por fin alguien le daba, sonreía con la boca abierta a la que le faltaban los dientes de arriba y hacía por besarle la mano al generoso mientras murmuraba: Diosito le ha de dar más, avíseme cuando vaya a la sierra de Oaxaca, lo recibiremos con mucho gusto.

Una tarde pasó muy despacio una camioneta y aventó algo. Cuando me acerqué a ver, resultó ser un anuncio: Se venden bonsai. Como vi que se detuvo en la esquina, fui para allá. Estaban preciosos, pero carísimos. Me puse a platicar con los vendedores, un padre que usaba bastón y pasaba el tiempo sentado y un hijo sano y fuerte que hacía todo el trabajo.

Me llevé a la casa uno de esos arbolitos, que se volvió un compañero fiel, allí puesto en mi habitación junto a la ventana, y que se conformaba con un poco de agua dos veces a la semana y algunas palabras de cariño de vez en cuando.

Otra tarde pasó a toda velocidad una camioneta y también aventó algo. Cuando me acerqué a ver, resultó ser una perra con sus cachorros recién nacidos. Estaban preciosos pero muy malheridos. Me puse a acompañarlos en su agonía sin poder hacer nada. Al poco rato habían muerto todos menos uno, a pesar del esfuerzo conmovedor de la madre por acercárseles y lamerlos.

Me llevé a la casa a la sobreviviente, que se volvió una compañera fiel que a todas partes me seguía y se conformaba con sobras de lo que comíamos y algunas palabras de cariño de vez en cuando.

Un domingo me topé con un señor que me preguntó: ¿Es usted la pariente de doña Lorena que en paz descanse?

Sí soy contesté ¿por qué?

Me llamo Baldomero, soy esposo de Gloria, la vecina. Ella era muy amiga de la señora Lorena que en paz descanse, una vez hasta se fueron juntas con otras mujeres a la playa, invitadas por el hijo de doña Lorena que en paz descanse, quien pagó por todas las veintidós en avión y ocho días completos en el mejor hotel. Pero cuando pasó lo que pasó, pues le prohibí que visitara a la señora Livia para darle el pésame, no fuera ser que nos quisieran hacer daño también a nosotros, ya ve como son ésos, agarran parejo.

Me quedé callada, ¿qué podía decir?

Pero él siguió hablando: por favor dele nuestro pésame a la señora Livia, dígale que lo sentimos mucho por Lorena que en paz descanse, y por el muchacho desaparecido, y dígale que de las niñas no se preocupe, cualquier chico día se las encuentra por allí caminando, eso sí, preñadas, porque para eso las quieren.

Me quedé callada, ¿qué podía decir?

Otro domingo se puso en la esquina un hombre que vendía cosas viejas y me llamó: ¿No quiere ver lo que tengo?

Como me agarró por sorpresa, me quedé paralizada. Entonces él siguió hablando: ofrezco pinturas con paisajes que ya no existen sillas y mesas a las que les falta una pata relojes que no caminan y otras cosas para adornar su hogar.

Pero yo no tenía hogar, lo tuve durante un tiempo y ahora mi hogar era la casa de otras personas.

Ándele anímese dijo.

Pero no me animé. Lo que sí hice fue ponerme a conversar con él. Hablamos de cómo los tiempos de antes habían sido muy buenos pero los de hoy ya no lo eran.

Otro domingo se abrió la ventana de una casa que parecía abandonada y un hombre se asomó y me llamó:

¿No quieres subir?

Como me agarró por sorpresa, me quedé paralizada. Entonces él siguió hablando: te voy a hacer gozar güerita, te voy a hacer que te diviertas flaquita dijo.

Pero yo no era güerita, lo fui durante un tiempo y ahora era castaña como en mi niñez. Y tampoco era flaquita, lo fui durante un tiempo y ahora era regordeta como en mi juventud.

Te voy a hacer feliz mamacita insistió.

Pero yo no era mamacita, lo fui durante un tiempo y ahora sólo Dios sabía dónde estaba mi hijo.

Ándale anímate dijo.

Pero no me animé. Al contrario, me fui rápido como si el diablo me persiguiera, pensando que yo ya había cubierto mi cuota de amor en esta vida mi cuota de sexo en esta vida mi cuota de diversión en esta vida y ahora sólo quería la que me correspondía por la maternidad, que me había sido arrebatada.

13

Cuando la muchachita por fin se pudo levantar, lo primero que hice fue mandarla al mercado, porque ya nos urgía comer algo fresco, desde el día del asalto habíamos estado a puro arroz y frijol del que había en la despensa. Trae huevos leche un queso cotija grande gorditas de nata cecina y bastante alfalfa para preparar agua le pedí, y de una vez lo necesario para enseñarme a preparar esos tamales dulces tan sabrosos que hacía la señora Lore.

¿Uchepos? preguntó.

Pues no sé si así se llaman contesté.

Ocupamos elotes y leche, azúcar aquí hay.

Mientras los preparábamos, la muchacha me dijo: ¿Quiere saber cómo se metió el joven Alfonso con los malos?

Y sin esperar mi respuesta habló: desde que era chiquito le gustaba ver a los que llegaban en sus trocas grandotas y con sus armas. Apenas oía los motores, corría a la calle y decía que iba a ser como ellos cuando creciera. A doña Lore le daba mucha risa y hasta le compró su rifle de juguete. Al poco tiempo ya se quedaba a la entrada del camino y si venían los federales o los soldados o los comunitarios, corría a avisarle a uno de ellos al que le nombran el jefe. Gracias a eso nunca los agarraron desprevenidos. A doña Lore le daba mucho orgullo y hasta le echaba su bendición.

¿Y tú cómo sabes eso? pregunté.

Ay seño, a mí nadie me considera, es como si no existiera, entonces hablan todo y yo oigo todo contestó.

Otro día la mandé de nuevo al mercado, trae pollo otro queso cotija grande tortillas aguacates para hacer salsa y bastante jamaica para preparar agua le pedí. Y de una vez lo necesario para enseñarme a preparar esos tacos tan sabrosos que hacía la señora Lore.

¿Chavindecas? preguntó.

Pues no sé si así se llaman contesté.

Ocupamos masa y carne asada, chiles aquí hay.

Mientras las preparábamos, la muchacha me dijo: ¿Quiere saber más de cómo se metió el joven Alfonso con los malos?

Y sin esperar mi respuesta habló: un día doña Lore se fue derecho a ver al jefe, yo la acompañé. Vivía por Los Reyes y hasta allá fuimos para pedirle que le consiguiera trabajo al muchacho, pero algo que no sea peligroso le dijo la doña. Cómo conocía a ese señor y por qué él la ayudó, sólo Dios y ella y él lo sabían, pero lo hizo. Al poco tiempo el Alfonso ya se quedaba en la presidencia municipal, viendo todo y oyendo todo, y corría a contárselo al tal jefe. Gracias a eso, él sabía quién se casaba con quién cuál compraba qué cuánto valía tal casa terreno auto joya. A doña Lore le daba mucho gusto y hasta decía que Dios le estaba cumpliendo su sueño.

¿Y tú cómo sabes eso? pregunté.

Ay seño, ya le dije que a mí nadie me considera, es como si no existiera, entonces hablan todo y yo oigo todo contestó.

Un día cuando limpiábamos el arroz la muchacha me dijo:

¿Qué cree usted que era lo único que doña Lore no le permitía al muchacho?

Y sin esperar mi respuesta habló: decir groserías. Como ella era maestra de español, eso le importaba mucho. Él era de puro güey cabrón hijo de la chingada puta de mierda así nos hablaba a todos. Y pues la doña se enojaba y hasta le lavaba la boca con jabón y lo encerraba con llave al grito de en esta casa hablamos correctamente. ¡Imagínese! Decirle a un joven que no hable como hablan los jóvenes era como decirle a uno de tierra caliente que no tenga armas. Pero el muchacho se tuvo que cuadrar, porque doña Lore lo amenazó con pedirle al tal jefe que lo sacara del grupo y eso sí le pudo al joven Alfonso, su sueño era andar con ellos, ser como ellos.

Un día cuando limpiábamos los frijoles, antes de que la muchacha empezara a contar alguna historia, la abuela nos llamó: ayúdenme dijo.

Y allá fuimos atrás de ella, a acomodar las cosas de Poncho y de las niñas para cuando regresaran, y a guardar las de la difunta en unas cajas grandotas, que fueron a parar a un cuarto en donde tenía guardadas otras cajas grandotas con ropa de otros de sus hijos también ya difuntos.

En el trajín de doblar y guardar, doña Livia habló: cuando llegamos acá era un pueblo tranquilo, había bailes se coronaba a la reina se paseaba en el jardín se iba a las aguas termales. Todo muy bonito, pero a mí este lugar sólo me ha traído desgracias. A mi hija mayor se la llevó uno de ellos, por culpa del miserable de mi marido que se la regaló, pues según decía, lo mejor que le podía pasar en la vida era que un jefe le hiciera un hijo. El tipo estaba feliz porque la verdad es que ella era muy hermosa. Nunca la volví a ver, alguien me dijo que se fueron lejos.

Mis hijos chicos también se juntaron con los malos y también por culpa del miserable de mi marido, pues según decía, lo mejor que les podía pasar en la vida era estar protegidos por ellos. Nunca los volví a ver, alguien me dijo que a uno lo mataron y el otro anda en Estados Unidos.

Por eso del miserable de mi marido no guardo ni un pañuelo, ojalá se esté quemando despacito en las llamas eternas del infierno.

Otro día cuando picábamos las verduras, antes de que la muchacha empezara a contar alguna historia, otra vez la abuela llamó pero sólo a mí: ayúdame dijo.

Y allá fui atrás de ella, cuarto por cuarto, para sacar de adentro de los colchones y de las almohadas bolsas de plástico llenas de billetes. Eran dólares americanos, muchos, muchísimos. Y en el trajín de sacarlos, doña Livia habló: el miserable de mi marido me dejó bien provista, con todo y que se jugó mucho en la baraja y con todo y que le salieron otros hijos que reclamaron su parte. Poncho también nos daba dinero, bastante dinero. No me preguntes de dónde lo sacaba porque nunca nos dijo, pero mi hija se ponía feliz, lo gastaba en tinte fino para el cabello y bolsas de marca como las que usan las actrices de la televisión, era muy manirrota mi Lore que Dios la tenga en su gloria, el dinero se le escurría entre los dedos, igualita que a su padre. Yo en cambio lo guardé, porque en mi casa aprendí que hay que prepararse para las vacas flacas. Y mira tú, Bendito sea Dios que lo hice, porque si no, ahora nos moriríamos de hambre.

Y otro día cuando lavábamos la alfalfa para el agua y antes de que la muchacha empezara a contar alguna historia, otra vez la abuela llamó y otra vez sólo a mí: ayúdame dijo.

Y allá fui atrás de ella, a acomodar los dólares americanos que habíamos sacado, haciendo paquetes según la denominación de los billetes. Y en el trajín de hacer los montones, doña Livia habló: mi Lore que Dios la tenga en su gloria, era la más chica. Ella se hizo maestra por culpa del miserable de mi marido que la obligó a estudiar y le compró su plaza con los del sindicato, porque según decía, lo mejor que le podía pasar en la vida era tener con qué mantenerse puesto que era muy fea y jamás se casaría.

Pero sí se casó. O mejor dicho, se juntó con uno que trabajaba en el municipio, vivían en una casa pequeña, bien puesta y adornada con las cosas que le gustaban a él, y no les iba mal con todo y que al José le quitaban un montón de su sueldo, casi la mitad, como donativo obligatorio para sus superiores.

Lo bueno fue que la aceptó con el chamaco. Nosotros nunca supimos quién es el padre de Poncho, ella no dijo nada y nosotros no preguntamos nada ¿para qué? A lo hecho pecho como dicen acá. Luego tuvo a las dos niñas y una más que se murió al nacer.

Hasta que un día el hombre desapareció sin dejar rastro. Decían que se había ido con una que lo habían levantado que lo habían mandado a otra plaza que lo habían visto en tal municipio, vete tú a saber. Lo único seguro es que no supimos más de su persona y entonces Lore se regresó para acá, a vivir conmigo.

Fue entonces cuando se le ocurrió lo de rentar el cuarto que fue del miserable de mi marido ojalá se esté quemando despacito en las llamas eternas del infierno, que para ayudarse decía, pero yo creo que lo hizo para conocer gente, porque siempre vemos las mismas caras decía.

14

Una tarde a la hora de la telenovela, tocaron la puerta. Era el Señor Obispo que pasaba a saludar a la abuela.

¿Cómo te sientes Livia? preguntó él.

Triste padre, muy triste respondió ella.

Tienes que resignarte Livia dijo el prelado, es Dios el que manda nuestro destino y hay que aceptarlo. Yo por mi parte, tú lo sabes, tengo tiempo denunciando esta situación, levantando la voz para protestar por esta realidad que nos lacera, pero nadie me hace caso, ni Dios nuestro Señor ni el gobierno. Como decía un amigo mío que ya no está en este mundo: descendimos brutalmente a extremos inauditos y lo peor fue que había una reserva de barbarie en nuestras gentes que desafió siglos enteros de predicación cristiana, de orden civil y de convivencia. ¿Quién se equivocó tanto hasta convertir a Michoacán en este infierno? ¿Hasta cuándo Señor pediré tu auxilio sin que me escuches y gritaré y desesperaré sin que vengas a salvarme?

Con su perdón padre dijo la abuela, pero si usted realmente hubiera querido que le hicieran caso, habría ido más lejos. Les habría dicho a los malos que van a la iglesia, porque claro que van, que ya perdieron la amistad con

Dios y que no tendrán perdón. Allá en Italia, dicen mis primas que el Papa excomulga a los mafiosos y que eso les ha afectado mucho.

Ay querida Livia dijo el prelado, imagínate hacer eso que dices, me quedaría sin fieles, con la iglesia vacía. Aquí la mayoría, si no es que toda la población, tiene algún vínculo con el narco, nimodo de excomulgar a todos, porque además, sembrar cocinar y vender droga es un estilo de vida del que participan desde niños hasta abuelos y siempre ha sido así. Por eso si quieren que esto cambie, le corresponde resolverlo al gobierno. Yo sólo puedo pedirle a Dios que ablande los corazones de los delincuentes para que dejen de hacer el mal, o como dice un amigo mío que todavía está en este mundo: esperar a que se arrepientan.

El don no dijo nada más. Se tomó su chocolate acompañado de un uchepo y se despidió.

Otra tarde, a la misma hora, volvieron a tocar la puerta y era otra vez el Señor Obispo que quería saludar a la abuela.

¿Cómo te sientes Livia? preguntó él.

Desconcertada padre, muy desconcertada respondió ella.

Tienes que resignarte Livia dijo el prelado, es Dios el que manda nuestro destino y hay que aceptarlo. El gobierno nos ha abandonado desde hace muchos años, así era desde que tu difunto marido andaba por acá, nunca nos han hecho caso ni les ha importado que aquí haya asesinatos robos extorsiones. Por eso yo digo que son cómplices, porque permiten que eso pase, si no es que de plano ellos mismos lo promueven.

Con su perdón padre dijo la abuela, la culpa no es sólo del gobierno, también es de todos nosotros. Nos acostumbramos a callar, a hacer que no vemos ni oímos, a solapar.

Y eso provocó que este horror fuera creciendo. Todos nos equivocamos.

El don no dijo nada más. Se tomó su chocolate pero no tocó el uchepo y se despidió.

De nuevo otra tarde, a la misma hora, volvieron a tocar la puerta y era otra vez el Señor Obispo que quería saludar a la abuela.

¿Cómo te sientes Livia? preguntó él.

Molesta padre, muy molesta respondió ella.

Tienes que resignarte Livia dijo el prelado, es Dios el que manda nuestro destino y hay que aceptarlo. Afortunadamente el gobierno ya ha intervenido, escuché en la televisión al presidente decir que han atrapado a muchos delincuentes y les han quitado sus armas y que se ha logrado abatir la violencia y hasta que le están ganando la guerra a los malos.

Con su perdón padre dijo la abuela, pero no entiendo cómo les puede creer a esos señores del gobierno. Se la pasan diciendo que hay menos delito, pero vea a su alrededor: todos los días secuestran extorsionan desaparecen matan a personas que conocemos. Y cuando los agarran y los meten a la cárcel, al rato salen como si tal cosa. Denunciar es sólo perder el tiempo, porque ni hacen nada, y encima a quien persiguen y el que se arriesga es el que denuncia: lo asesinan le matan a su familia le queman su casa. Aquí nomás no hay ley, ni se diga justicia, nadie le hace caso a los ciudadanos, a nadie le importan.

El don no dijo nada más. Simplemente se despidió sin siquiera tomar su chocolate.

Y otra tarde más, a la misma hora, volvieron a tocar la puerta y era otra vez el Señor Obispo que de nuevo quería saludar a la abuela.

¿Cómo te sientes Livia? preguntó él.

Enojada padre, muy enojada respondió ella.

Tienes que resignarte Livia dijo el prelado, es Dios el que manda nuestro destino y hay que aceptarlo.

Con su perdón padre dijo la abuela, qué Dios ni qué Dios, el infierno de mi familia fue por culpa del miserable de mi marido que sólo pensaba en dinero y más dinero, y metió a sus hijos y hasta a sus nietos en esto. Y el infierno de este pueblo es por culpa de los malos que sólo piensan en dinero y más dinero y nos han metido a todos en esto.

Estaba furiosa y no parecía tener ganas de parar de hablar. Usted lo sabe padre, cuánto le pedí a Lore que Dios la tenga en su gloria, que no dejara a Alfonso irse con ellos, pero mi hija estaba feliz de que le trajeran dinero y regalos. Andaba presumiendo sus ropas nuevas su televisión enorme el refrigerador de dos puertas con congelador. A todo el que pudo le platicó cuando el muchacho le regaló un viaje para ella y todas sus amigas y vecinas, veintidós mujeres fueron a pasar ocho días a Cancún, en el mejor hotel, con comidas y bebidas y paseos, todo sin desembolsar un centavo. Y vea usted, ni una de ésas se apareció ahora ni a acompañar a enterrarla ni a darme el pésame.

El don no dijo nada más y se fue sin despedirse.

Pero la tarde siguiente volvió con un libro y nos contó que en el club de lectura de su iglesia lo estaban leyendo, y que allí decía que las madres eran cómplices de tanta delincuencia porque estaban felices con lo que sus hijos les obsequiaban.

Tienes razón Livia, lo que cuentas de tu hija es verdad dijo el prelado, por eso en este libro dicen que hay que cambiar a las madres, que dejen de apoyar y bendecir a sus vástagos. Y diciendo y haciendo, abrió una página y leyó:

la abnegada madrecita mexicana se ha excedido tanto en los mimos las tolerancias y las complacencias que prodiga a sus hijos varones, que han surgido generaciones de hombres enteramente disfuncionales e irresponsables.

Esto es algo de lo que le hablé muchas veces a mi hija dijo doña Livia todavía muy enojada, pero ella consideraba que yo exageraba, que no era para tanto. Hasta cuando el muchacho metió a la casa montones de medicinas contra la gripa y las alergias diciendo que era por si la familia se enfermaba, pero ni en diez vidas nos hubiéramos podido acabar todas esas porquerías que él mezclaba en botellas de plástico, o cuando en el congelador guardó una cosa que parecía hielo pero no lo podíamos usar, o cuando en su cuarto tenía un montón de bidones de quién sabe cuál ácido y en el patio de atrás otros llenos de gasolina, o cuando llegó con una pistola que aseguró se la habían regalado, o cuando regresó con quemaduras horribles en las manos y no quiso decir cómo se las había hecho. Pero Lore que Dios la tenga en su gloria, lo dejó hacer y no la sacaba uno de que su hijo era un buen muchacho.

El don la escuchó y no dijo nada. Puso sobre la mesa el libro que traía y se fue. Pero durante muchos días doña Livia siguió dale y dale con lo mismo, hablándonos a nosotras, las que estábamos en la casa y a las que no nos quedaba más remedio que escuchar: mi hija se hacía la que no veía y si yo le decía algo, se molestaba conmigo. Ay madre, el pobrecito es un niño, no sabe lo que hace, todavía no puede discernir entre lo bueno y lo malo, téngale paciencia. Cuando le venían a contar que había cometido tal o tal fechoría, luego luego se les iba encima con su cantaleta de confío al ciento por ciento en que no hizo nada malo, que Dios lo bendiga, el muchacho es inocente.

Una vez de plano nos peleamos. Y fue tan duro el pleito que me miró fijamente a los ojos y dijo: mire usted madre, yo me doy cuenta de que anda metido en cosas feas.

¿Y qué vas a hacer? le pregunté.

No meterme me contestó. ¿Cuál sería la razón para que yo quisiera que se termine lo que me beneficia tanto a mí y a los míos? ¿Para qué quiero que mi muchacho cambie si yo obtengo cosas buenas con sus acciones aunque ellas le causen sufrimiento a otros? ¿Por qué tendría que importarme cómo se obtuvieron esos dineros? ¿Por qué habría yo de preocuparme por personas a las que no conozco?

¿Y si lo matan? ¿Y si nos lo matan?

Confío en Dios que me lo proteja y toque sus corazones de esos que le quieran hacer daño me contestó.

Entonces la abuela me miró fijamente a los ojos y habló: ¿Lo puedes creer? ¿Puedes creer esto que te cuento de mi propia hija?

Pero me quedé callada, ¿qué podía decir?

Claro que a ella no le importaba lo que yo dijera o no dijera, lo que quería era seguir hablando. Y siguió: por eso las cosas no mejoran. Porque cada quien nomás ve para sí mismo. Como dice en el libro que me regaló el Señor Obispo, las personas siguen su vida como si nada, van a sus escuelas trabajos gimnasios restoranes iglesias parques centros comerciales mercados palenques cines, celebran bodas bautizos quince años, se divierten y compran y pasean como si la tragedia no estuviera aquí mismo, encima de todos. ¿Cómo saben que no les va a tocar? ¡Ni cuenta se dan de lo cerca que están de la desgracia!

La gente es tan inconsciente tan egoísta tan centrada en sí misma, que según cuenta la autora, cuando le prendieron fuego al casino y muchos clientes murieron, una señora que iba a entrar simplemente se dio la media vuelta y se fue al de enfrente. ¿Aquí está tranquilo? le preguntó al guardia. ¿Por qué lo dice? le contestó el uniformado sorprendido. Ya ve lo que pasó allá le dijo ella apuntando con el pulgar a donde se observaba la columna de humo que se levantaba del edificio quemado. Ah, no se preocupe, aquí no sucede nada, pase usted, la invitó cortés. Y ella entró.

Entonces otra vez me miró fijamente a los ojos y habló: ¿Lo puedes creer? ¿Puedes creer esto que te cuento de mis propios paisanos?

Pero me quedé callada, ¿qué podía decir?

15

Una noche en el noticiero se nos apareció el Poncho. Así sin más, allí estaba nuestro muchacho, flaco ojeroso sucio.

Habían detenido un embarque de aguacate, en el momento en que el tráiler terminaba de cruzar el puente internacional hacia Estados Unidos. Los agentes lo encontraron junto con otros tres que iban escondidos entre las cajas. Los pusieron contra el camión, con las piernas abiertas y los brazos en alto, los esposaron y se los llevaron.

¿Dónde es eso? preguntó doña Livia.

Dijeron que Reynosa contestó la muchachita, que desde la tragedia tenía permiso de ver la televisión con nosotras.

La abuela no esperó a que terminaran de pasar la nota para decirme: hay que rescatarlo. Te tienes que ir por él, a ver cómo le haces pero te lo traes para acá. Pues aunque no es la buena persona que me gustaría que fuera, es el único de mi familia que me queda.

¿Y cómo lo voy a encontrar? pregunté.

Pues eso no lo sé pero tienes que hacerlo contestó. Te voy a dar lo necesario para abrir todas las puertas, los billetes verdes que sacamos de los colchones y mi pasaporte, que te va a servir porque como la foto es de hace tiempo, van a pensar que eres yo. Te voy a dar también el pasaporte de Poncho y las visas de turista. Se las enseñas a los gringos y les dices que todo fue un error, que él no es un ilegal, y seguro lo dejan salir.

¿Poncho tiene esos documentos? pregunté.

Sí que los tiene contestó. Mi padre decía que siempre hay que tener listo el pasaporte por si tienes que salir rápidamente del país. Así que el año pasado, en cuanto cumplió los 18, se lo sacamos. Lo mismo la visa, porque ya andaban por allí unos malnacidos que lo amenazaban.

¿Y cómo voy a llevar tanto dinero? pregunté.

Encontraremos la manera contestó. Podemos hacer lo mismo que hicieron el zar de Rusia y su esposa para proteger a sus hijas cuando a ellos los iban a fusilar, ¿te acuerdas de esa película que vimos todavía con Lore que Dios la tenga en su gloria? Con la tela estampada con dibujos de dólares que compraste, haremos una camiseta doble que irá bien pegada al cuerpo y entre las dos capas pondremos los billetes. Cuando pases por las máquinas de seguridad se verán, pero son tantos y estarán tan encimados y revueltos los de verdad con los del dibujo, que nadie dudará de que es la camiseta, la que además deberás mostrar ostensiblemente. Y por lo que se refiere a los perros no te preocupes ¡están entrenados para oler drogas, no dinero!

¿Y cómo la voy a dejar a usted sola? pregunté.

Yo ya estoy vieja, ya acabé de vivir contestó. Pero además no estoy sola, aquí me va a cuidar la muchachita. Oye tú ¿verdad que me vas a cuidar? dijo al aire sin esperar respuesta, como era su costumbre.

¿Y si ella se va? pregunté.

Qué se va a ir ni qué nada contestó. Vive aquí desde que

era muy chica, llegó con su hermana tantito mayor, me las regalaron a las dos, y se va a quedar hasta su muerte porque no tiene a dónde ir. Oye tú ¿verdad que no te vas a ir? volvió a decir al aire y otra vez sin esperar respuesta.

Me fui a acostar muy alterada. En mi cabeza daban vueltas las cosas que había escuchado, me hervía el coraje en el pecho y se me hacía una bola que crecía y crecía. ¿Qué me estaba pasando? ¡No me reconocía a mí misma!

Pasé la noche en vela pensando en el Poncho encerrado en algún lugar Dios sabe dónde y en la sirvienta encerrada en esta casa Dios sabe por qué.

Al día siguiente, estuvimos toda la tarde pegadas a la televisión por si volvía a aparecer el muchacho. Pero no sucedió.

Entonces le dije a doña Livia: quiero hacerle dos preguntas.

Me miró sorprendida, pero me escuchó atenta.

La primera es que me explique cómo es eso de que le regalaron a la sirvienta y que venía con otra que era su hermana.

Yo cómo voy a saber dijo, un día aquí estaban y ya. Creí que me ibas a preguntar algo importante, hasta me asustaste.

La segunda es que me explique dónde está la otra chamaca.

Yo cómo voy a saber dijo, un día no estaba y ya. Déjame de hacer preguntas sin importancia, deja de asustarme.

16

Ni idea tenía yo de cómo averiguar dónde demonios estaba Poncho. Se me ocurrió ir a la papelería, esa que estaba junto a la tortillería la verdulería y la miscelánea, y le pedí ayuda a la vendedora.

Necesito saber dónde queda Reynosa dije.

Es en el norte dijo.

Y necesito saber qué ciudad está del otro lado dije.

Es McAllen dijo.

Y diciendo y haciendo, sacó su celular y me enseñó un mapa en el que se veía que el estado gringo de Texas colindaba con el estado mexicano de Tamaulipas y que Reynosa y McAllen estaban exactamente de cada lado.

Supongo que debe haber forma de pasar dije.

Seguro que sí doña, están los puentes dijo.

Fue así como se decidió mi viaje, para el que inmediatamente empezamos los preparativos.

Estábamos cocinando el aporreadillo para llevarme en el camino, cuando la muchacha me dijo: eso de que nos regalaron a mí y a mi hermana no es cierto doña. Nosotros somos de La Ruana, pero las cosas estaban muy feas por allá, los malos venían y se llevaban todo: el limón las gallinas las muchachas. Eso pasó con mi hermana más grande y con mi prima que era huérfana y por eso vivía con nosotros, nomás así las agarraron y no supimos más.

Luego pasó que ya no querían que mi papá sembrara sus frutas sino la amapola. Como él no hizo caso, entonces se llevaron a mi hermano chico y a mi primo que andaba por allí haciendo un mandado. Luego pasó que querían el dinero que mandaba mi hermano mayor desde el otro lado, no sé cómo sabían de eso, pero a fuerza querían que se los diera mi mamá. Y como ella les dijo que ya lo había usado para sus semillas y su nixtamal, entonces quemaron donde guardábamos el maíz y las herramientas.

Por eso mejor se fueron, sólo Dios sabe dónde. Se fueron con los más chiquitos y mi hermanito recién nacido. Nomás se quedó mi abuelito, que para cuidar la tierra dijo. Se quedó con el perro, el negro se llama, o se llamaba, a saber si todavía está vivo. A mi hermana y a mí nos mandaron para acá, vayan a ver si el señor cura les da trabajo en la parroquia dijo mi mamá, nosotros no podemos llevar a tantos.

Así fue que nos vinimos, caminando todo el camino. Pero cuando por fin llegamos acá a Apatzingán, no dejaban entrar ni salir a nadie. Lárguense nos dijo uno ¿no ven que la ciudad está sitiada? Pero nosotras no teníamos a dónde ir y allí nos quedamos, paraditas como tontas, sin saber qué hacer. Y pues de eso se aprovechó el joven Alfonso, que sacó su pistola y nos trajo acá, para que ayuden a mi mamá y a mi abuelita dijo.

Cuando llegamos a la casa, las doñas no preguntaron nada, sólo nos pusieron a trabajar.

Me quedé callada, ¿qué podía decir?

Estábamos cocinando la morisqueta para llevarme en el

camino, cuando la muchacha otra vez me dijo: primero estuvimos contentas, por lo menos teníamos techo y comida, pero luego la cosa se puso fea, porque cada vez que el joven Alfonso estaba enojado se desquitaba con nosotras, nos insultaba nos golpeaba nos jalaba de los pelos, quedábamos todas moreteadas, a mí una vez me tiró este diente, mire usted el agujero que me quedó. Nos maltrataba todo lo que quería y nadie nos defendía. A mi hermana la preñó, pero la siguió golpeando aunque tuviera un niño en su barriga. Y luego cuando el escuincle nació, se lo quitó, a saber qué hizo con él. Y pues la pobre se puso muy desesperada por el dolor que le daba la leche en sus pechos, porque lo que es al niño no lo quería para nada, decía que lo iba a ahogar como una vecina que eso hizo varias veces, harta ya de tanto niño que cuidar. Pero él le seguía pegando, le pegaba y le pegaba cada vez más. Hasta que una vez la aventó muy fuerte contra la pared y allí se quedó, los sesos embarrados y revueltos con sangre. Pero nadie dijo nada, sólo me mandaron a limpiar.

Me quedé callada, ¿qué podía decir?

Estábamos cocinando el picadillo para la comida de ese día, y como vi distraída a la muchacha, fui yo la que habló:

¿No sabes nada de tu familia? pregunté

No seño contestó.

¿Y los extrañas? pregunté.

Sí seño contestó.

¿De qué viven ahora que se fueron? pregunté.

Cómo voy a saber seño contestó.

¿Y el abuelo que se quedó de qué vive? pregunté.

Él sabe cocinar la droga, siempre lo hizo contestó. Su abuelo le enseñó y él le enseñó a mi hermano mayor, ese que luego se fue pal otro lado.

¿Y los de tu familia se fueron solos o con más personas? pregunté.

Solos contestó, porque los vecinos ya se habían ido desde cuando, nomás que mi mamá no se quería ir, decía que cómo la iban a encontrar sus hijos vivos y sus hijos muertos si se salía de allí.

Me quedé callada, ¿qué podía decir?

17

Me fui a acostar muy alterada. En mi cabeza daban vueltas las cosas que había escuchado, me hervía el coraje en el pecho y se me hacía una bola que crecía y crecía. ¿Qué me estaba pasando? ¡No me reconocía a mí misma!

Pasé la noche en vela imaginando que se lo decía a la abuela: usted es cómplice no se haga, usted también es culpable no se haga; imaginando que se lo decía a las mujeres que antes venían a ver la tele con doña Lore: ustedes son cómplices no se hagan, ustedes también son culpables no se hagan; imaginando que se lo decía al Señor Obispo: usted también es cómplice también es culpable, porque sabía, como sabían todos, pero voltearon al otro lado, se quedaron callados, no dijeron nada. Son tan malos como los malos.

Luego me dio por perseguir a doña Livia para reclamarle, para decirle lo que debieron haber hecho, para preguntarle por qué no lo hicieron.

No sé me contestaba una y otra vez.

¿Cómo no va a saber? insistía yo una y otra vez.

Entonces ya no me contestaba.

Un día escuché ruidos en el patio de atrás, allí donde tendían la ropa y la sirvienta hacía sus necesidades. Salí y vi que la muchachita vomitaba.

¿Y ora tú, qué te pasa? pregunté.

No sé seño contestó.

¿Qué comiste?

Nada desde ayer seño, porque no me siento bien.

Prepárate un té de manzanilla.

Sí seño.

Iba de regreso a la casa cuando me topé con un montón de revistas allí arrumbadas.

¿Qué es esto? pregunté.

No sé seño contestó, allí las dejó doña Lore.

Me puse a mirar y encontré noticias modas recetas fotos de artistas famosos y también historias de madres y abuelas que no se habían hecho las ciegas y las sordas. Aquello era un tesoro, así que me olvidé de lo demás y me quedé a hojearlas y ojearlas, como me decía la abuela en la infancia, para que aprendiera que las mismas palabras pueden tener distinta ortografía.

Estaba la de una madre que fue por su hijo que participaba en los disturbios en algún lugar de Estados Unidos, y de las orejas se lo llevó de regreso a la casa. Cuando le preguntaron por qué lo había hecho, contestó: No soy tolerante. No juego a eso. Tengo principios, tengo valores. Y además, no quiero que lo maten.

Estaba la de las madres de unos jugadores de futbol en Honduras, que se paraban en medio de la cancha cuando terminaban los partidos para que los muchachos no se pelearan, como acostumbraban hacer. Y como nadie se atrevía a pegarles a ellas, simple y sencillamente no había violencia.

Estaba la de un joven español que le contó a una amiga que se iba a Siria con el Estado Islámico. Ella se lo relató a su madre y la madre la convenció de dar parte a la policía, que lo detuvo. Pero ese mismo muchacho cuando le había contado sus planes a su propia madre, ella le había dicho: si tienes que irte, vete. Y le dio su bendición.

Encontré un montón de historias de madres que preferían que sus hijos fueran a la cárcel, a permitir que se convirtieran en delincuentes narcotraficantes terroristas, y otro montón de historias de las que sí los dejaban serlo y hasta les ayudaban. Porque como decía la abuela, hay de todo en la viña del Señor.

Las recorté con mucho cuidado y se las llevé a doña Livia: mire esto para que se dé cuenta de que su hija y también usted sí hubieran podido hacer algo para que el muchacho no fuera tan violento ni cometiera tantas fechorías.

No sé me contestó una vez más.

Esa misma noche en la televisión vimos un programa en el que explicaban por qué los jóvenes se iban a la delincuencia y por qué les gustaba tanto la violencia. Una profesora dijo que era porque venían de familias donde así eran las cosas y que eso habían aprendido, y contó de un muchacho cuyos padres maltrataban tan severamente a sus hijos, que uno de ellos empezó a delinquir cuando apenas tenía catorce años y muy pronto ya había asesinado a dos personas, descuartizado a cuatro y decapitado a cuatro más. Pero otra profesora dijo que ser violento no tenía que ver con la familia en la que se nacía, sino con lo que se aprende afuera de la casa, y contó de dos muchachos, uno que creció con padres amorosos y preocupados por su educación y otro que fue abandonado por su madre y golpeado por su padre. El primero se dedicó a mandar bombas a quienes consideraba como símbolos del sistema capitalista al que odiaba, matando a varios e hiriendo a otros. El segundo se dedicó a estudiar los problemas de los negros pobres en la universidad. Un profesor explicó que la violencia era natural en todos los seres humanos. Dijo que era así porque siempre queremos lo que tiene el otro y contó ejemplos de muchos países y muchas épocas. Pero otro profesor explicó que la violencia sólo se manifestaba cuando había lo que él llamaba un ánimo social que la permitía y aceptaba y hasta promovía, y contó un experimento con muchachos universitarios: hicieron dos grupos, a unos los pusieron como carceleros y a otros como presos, y aquellos llegaron a extremos tan duros de violencia con sus compañeros, que tuvieron que suspender el juego.

¿Qué piensa de lo que dicen doña Livia? pregunté.

No sé me contestó como siempre.

Pero sí que sabía. Porque en las revistas lo explicaban, porque en los programas de tele y de radio lo explicaban, porque en el libro que le regaló el Señor Obispo lo explicaban. Y en todos decían que ni ella ni su hija lo habían querido ver.

Dígame qué piensa de lo que dicen insistí.

Entonces me miró fijamente a los ojos y habló: aun si efectivamente mi muchacho cometió aquello de lo que se le acusa, aun si hay fotografías videos y hasta testigos de los hechos, siempre lo defenderé. Y no soy la única: todas las familias hacen lo mismo. Cuando robaron un camión cargado de mercancía y la policía quiso detener a los ladrones, se tuvo que enfrentar con los parientes y vecinos armados de palos y piedras que los protegieron; cuando un grupo de jóvenes asaltó a pasajeros en el metro, sus padres no solamente los justificaron sino que emplazaron al jefe de la policía a dar explicaciones por haberse atrevido a detenerlos; cuando quince policías violaron a tres niñas, durante el juicio las esposas las culparon a ellas y las amenazaron. Así son las cosas dijo, así son repitió. Y agregó: tienes que entender que aunque sea criminal, es mi familiar y lo quiero.

¿Y entonces por qué al Señor Obispo le dijo usted que le había pedido a doña Lore que no dejara que Poncho se fuera con ellos?

Lo dije porque es lo que hay que decir, porque es lo que todos quieren oír: el gobierno la iglesia la televisión. Y porque sí se lo pedí a mi hija, por miedo a que mataran al muchacho.

Y luego como quien no quiere la cosa y antes de irse a su recámara soltó: tú también párale de jugar a la inocente. Bien sabes que la muchachita vomita porque está preñada, pero le recomiendas té de manzanilla como si eso sirviera de algo.

¿Qué esta diciendo doña? pregunté.

Lo que oyes. ¿A poco creías que Poncho se iba a quedar quieto sólo por lo que le había pasado a la hermana?

18

Tomé el camión muy temprano. Empezaba el camino para ir a cumplir con el encargo de doña Livia de traer de regreso al Poncho, pero también para cumplir con mi propio encargo de cambiar al muchacho para que dejara de ser violento.

Salí de Apatzingán siendo una persona muy distinta de la que había llegado. Vine acá por error, sin la menor idea de dónde estaba ni de lo que sería mi vida en este lugar, y ahora tenía familia y afectos y responsabilidades.

En esos pensamientos estaba, cuando nos detuvimos y el camión ya no avanzó más. Es que están componiendo la carretera dijo uno. Siempre dicen que están componiendo la carretera dijo otro, es puro cuento, seguro es otra cosa.

Alguien decidió bajarse a mirar. Unos sujetos armados tomaron la caseta dijo al regresar, Dios sabe a qué horas podremos pasar, la fila es larga y no avanza nada.

Mucho rato estuvimos allí sin movernos y sin que nadie nos explicara nada. Leí mis dos revistas me comí el aporreadillo me tomé la botella de agua me dormí una siesta y allí seguíamos. Había niños llorando, el baño estaba al tope de su capacidad, el aire olía a encierro y sudor y desesperación. En el radio se escuchaba una canción: Antes de irme / yo quiero visitar Apatzingán. / También iré a Tereque / La Ruana y Coalcomán.

Cuando por fin el camión se movió, entre que pasamos otros dos retenes y más reales o supuestas composturas de la carretera, ya era noche cerrada cuando llegamos a la terminal en Morelia.

De todos modos tomé un taxi al aeropuerto, pero según me dijeron en el mostrador, a esa hora ya no salían vuelos a ninguna parte. Tiene usted que esperar hasta mañana aconsejó el empleado.

Como no había dónde sentarse, me puse en el piso, sobre mi maleta, justo debajo de la televisión en la que pasaban una y otra vez un video de personas encapuchadas, vestidas de militares y con enormes armas, que se presentaban como el grupo criminal llamado cártel de tal cosa y amenazaban a quienes tuvieran algo que ver con el grupo criminal llamado cártel de tal otra cosa, advirtiendo que Michoacán era de ellos y que no permitirían que fuera de nadie más.

Volví a leer mis dos revistas me comí la morisqueta me tomé la otra botella de agua y me dormí una siesta. No había nadie en el lugar, el baño estaba limpio, el aire frío, todo era calma y silencio.

En cuanto amaneció, regresé al mostrador. Alcanza usted el primer vuelo dijo la empleada. Una hora más tarde despegaba el avión que me llevaría a mi destino.

Salí de Michoacán siendo una persona muy distinta de la que había llegado, pues aunque ahora era el lugar de mi familia y mis afectos y mis responsabilidades, me quedaba claro que ya no quería regresar a donde había tanto miedo, a donde nadie se atrevía a decir nada y a donde a pesar de eso, todos fingían que la vida era normal: las vecinas las que despachaban en la tienda de telas las estudiantes de la escuela de maquillaje el vendedor de elotes de la esquina el cura.

19

Llegué a Reynosa a media mañana. Estaba nublado pero hacía calor. Cuando buscaba los taxis, se me acercó un muchacho y me dijo yo la llevo, tengo parkeada mi pesera aquí enfrente. Acepté y le pedí que me recomendara un hotel económico en el centro de la ciudad.

¿Viene por mucho tiempo? preguntó.

No sabría decirle contesté.

Le puedo ofrecer rentar un cuarto en la casa de mi madre. Es amplio y tiene su baño, además de que incluye los alimentos.

Unos minutos después nos detuvimos frente a una puerta de metal de color gris, sobre la que colgaba un letrero anunciando que se rentaba habitación para señorita decente. Mientras el taxista abría con su llave, me encomendé a todos los santos del cielo y de la tierra.

Frente a nosotros apareció una señora que dijo ser la dueña y me enseñó el cuarto de marras. Tenía una cama una mesa un ropero con espejo las paredes pintadas de amarillo y el piso de cemento. Al fondo, el baño recubierto de mosaico también amarillo un escusado un lavamanos una regadera sin cortina.

Por supuesto, allí me quedé. No era cosa de ir a buscar otro lugar, considerando que de todos modos no conocía nada.

Nos caímos bien la señora Lola y yo. Vivía en esa casa con sus hijos, el bato que la trajo a usted del aeropuerto una huerca que trabaja del otro lado de la línea y sólo viene cuando le dan permiso y otros de los que ya le platicaré dijo. También vivía allí su madre, que pasaba el tiempo sentada en un sillón mirando la televisión y a la que todos respetaban y cuidaban, y una muchachita muy joven que limpiaba la casa y lavaba la ropa.

En las mañanas doña Lola guisaba y en las tardes se sentaba ella también frente al televisor. Entonces llegaban otras mujeres: que la prima que la de la casa de apoyo al inmigrante que la de la papelería del centro, y todas veían las novelas y platicaban.

¿Quién es esta señora? se oyó una noche decir a un joven que apareció junto a nosotros sin hacer ruido, como caído del cielo.

Es la que me renta el cuarto le respondió doña Lola.

El joven desapareció sin decir más. Es mi otro hijo me explicó, un buen muchacho que nos cuida nos da para el gasto nos compra ropa nos hace regalos, es el que me trajo el microondas que ves en la cocina.

Al oír eso, empecé a temblar. Doña Lola se percató, me preparó un té de tila y me dijo: tranquila, no va a pasar nada.

Y en efecto, no pasó. O más bien, sí pasó, pero completamente diferente. Porque el muchacho regresó y se sentó a la mesa con nosotras a cenar y no dijo ni pío mientras devoraba un pedazo enorme de cabrito que yo de sólo verlo sentía dolor en todo mi cuerpo, pobre animal.

Entonces doña Lola dijo: tengo otros hijos, pero no están entre nosotros. Uno partió de este mundo aquella vez que atacaron un camión y balearon a los pasajeros, ciento noventa y tres, todos muertos. Otra está desaparecida, la levantaron con sus tres amigas mientras comían tacos en un lugar de la carretera, les gustaba ir allí porque daban dos birongas por el precio de una.

Me quedé callada, ¿qué podía decir?

Pero ella siguió hablando: este que está usted viendo con sus propios ojos que se han de comer los gusanos, Dios quiera y falte mucho para eso, es el más pequeño, Salvador. Él trabaja por acá y es un gran gusto que hoy nos acompañe, porque viene muy rara vez.

Entonces fue el muchacho el que habló: pues cómo ve doña, que yo trabajaba en un taller mecánico, soy bueno para eso de los motores, pero vinieron y me dijeron que me fuera con ellos y no es cosa de decir de esa agua no bebo. Cuando te dicen vienes pues tú vas, cuando te dicen subes pues tú te trepas. ¿Ha oído hablar del Pelochas y el Betillo? A ésos nadie les dice que no. Mi jefa no quería ¿verdad madrecita que usted no quería? y para ser sincero, yo tampoco, pero los dos nos tuvimos que aguantar.

Fuimos muchos a los que se llevaron. Primeramente al campamento que está en la carretera a Nuevo Laredo, luego al túnel que está en las brechas de la Vista Hermosa. Yo creí que allí nos iban a poner a hacer ejercicio, ya sabe, brincar correr trepar y todo eso como cuando entrenan soldados en las películas, pero no, lo que nos pusieron es a aprender a limpiar cuernos de chivo a poner cámaras de vigilancia a entrarle a las balaceras y los bloqueos a partir en pedazos los cuerpos y aventarlos por allá por Valles o por Aztlán. Y la verdad le digo que yo al principio nomás no podía, cómo es eso de cortarle el cuello a un fulano de patear a un zutano de darle el tiro de gracia a un mengano, pero luego dejé de sentir feo, y empecé a sentir nada, es un trabajo como cualquier otro, sólo que mejor pagado. ¿Verdad madrecita que estamos contentos con haber tenido la suerte de que se fijaran en mí? preguntó.

Tan contentos respondió doña Lola, que todos los días le rezo a la virgen para que se lo lleven también al otro, pues como taxista gana muy poco.

Cuando Chava terminó de hablar ya amanecía. Por la ventana vimos pasar a varias muchachas que por más abrigo que llevaban, soltaban vapor por la boca. Un bebé empezó a llorar. Supuse que era el mismo que había escuchado llorar todo el día de ayer. Son las de la maquila dijo el muchacho, se van muy temprano y regresan muy tarde para alcanzar dos turnos. En la casa de al lado les rentan, aquí no, no se lo permito a mi madre, porque empiezan dos y al rato ya se meten cuatro con un montón de niños a los que dejan amarrados a la pata de la cama, solos y abandonados todo el día, por eso lloran.

Me quedé callada, ¿qué podía decir?

20

Estábamos cocinando la merienda con la muchachita que ayudaba, que era casi una niña y me miraba con ojos de cordero asustado, cuando le saqué la plática.

¿Dónde es tu cuarto? pregunté.

No tengo cuarto seño contestó.

¿Dónde duermes? pregunté.

Pongo mi catre junto a la estufa seño contestó.

¿Dónde es tu baño? pregunté.

No tengo baño seño contestó.

¿Dónde haces tus necesidades? pregunté.

En la coladera seño contestó.

¿Dónde te bañas? pregunté.

Me echo el cubetazo de agua encima de la coladera seño contestó.

¿Y tu familia dónde está? pregunté.

En el albergue seño, ese que está allí cerca del puente contestó. Es que nosotros somos de San Pedro Sula, pero las cosas estaban muy feas por allá, los de la Mara llegaban y todo eran líos y balazos. Cuando se llevaron a uno de mis hermanos, el Bryan, y a uno de mis primos, el Franklin, mejor nos vinimos todos para México, con mi hermanito chiquito y otro recién nacido. Nos vinimos caminando todo el camino, cruzamos la frontera con una caravana bien grande y luego nos seguimos hasta acá, para esperar a pasar al otro lado. Dice mi papá que allá vamos a tener un auto y una casa con alberca. Pero mientras eso pasa, y dice mi mamá que sólo Dios sabe cuándo va a pasar, a mi hermana y a mí nos mandaron a trabajar para tener algo de dinero.

¿Y cómo diste con este lugar? pregunté.

El joven Salvador conoce a los policías que me trajeron contestó, a ellos les entregaron mi primer sueldo por conseguirme el trabajo.

¿Y tu hermana? pregunté.

No sabría decirle seño, no la he vuelto a ver contestó.

Me quedé callada, ¿qué podía decir?

Cuando me fui de allí me di cuenta de que no le había preguntado su nombre. En la casa todos la llamaban oye tú y yo también la llamé así.

Estábamos merendando cuando le solté a doña Lola a lo que había venido. Su respuesta fue inmediata: estoy segura de que a su muchacho lo tienen en La Perrera.

¿Y eso qué es? pregunté.

Es la cárcel en la que meten a los ilegales contestó.

¿Y eso dónde es?

Del otro lado del río Bravo.

Es el río Grande madre dijo Chava.

¿Puedo ir para allá? pregunté.

Sólo si tiene documentos, porque si no los tiene, va a ir pero en calidad también de detenida contestó.

Esa misma noche empaqué mis cosas, saqué todo el dinero mexicano que tenía, lo envolví en una vieja camiseta y lo puse sobre la cama con una nota que decía: para

Lola, pues yo ya no lo voy a necesitar y usted me ayudó mucho.

Muy temprano en la mañana, el hijo taxista me llevó. Aquí la dejo, ya no puedo seguir dijo cuando llegamos cerca de un puente.

Gracias dije, y allí me bajé.

Había varias casetas y en todas muchos autos y muchas personas en la fila. Tomé mi lugar y esperé.

Parecía que los agentes a propósito hacían todo muy lentamente. Revisaban los papeles miraban preguntaban se iban a la oficina de atrás regresaban y volvían a revisar y a mirar y a preguntar.

Por fin, después de varias horas, lo conseguí. Había logrado cruzar la frontera con el pasaporte y la visa de doña Livia y nadie puso en duda que yo era ella o que ella era yo, como hubiera dicho la abuela.

Entonces me emocioné. Había llegado al otro lado, había hecho realidad el sueño de tantos, mi padre entre ellos. ¡Estaba yo nada menos que en Estados Unidos!

21

Del otro lado del puente, junto a un letrero que decía Bienvenido a McAllen, esperaban los taxis. Me subí a uno manejado por un mexicano que me preguntó si iba a los outlets, porque él conocía los mejores, pero cuando le dije La Perrera, no profirió ni una palabra más y supo exactamente hacia dónde encaminarse.

Aquí la dejo, ya no puedo seguir dijo cuando llegamos cerca de un edificio.

Gracias dije, y allí me bajé.

Había varias casetas y en todas muchas personas en la fila. Tomé mi lugar y esperé.

Parecía que los policías a propósito hacían todo muy lentamente. Revisaban los papeles miraban preguntaban se iban a la oficina de atrás regresaban y volvían a revisar y a mirar y a preguntar.

Por fin, después de varias horas, lo conseguí. Había logrado cruzar la puerta del penal con el pasaporte y la visa del Poncho y nadie puso en duda que él y yo éramos familia.

Entonces me entristecí. Había llegado a un galerón enorme con jaulas como las que se usan para guardar gallinas, en las que estaban encerradas montones de personas flacas ojerosas sucias. Estaba yo nada menos que en Estados Unidos, pero seguro así no era el sueño de tantos, mi padre entre ellos.

Busqué a mi muchacho entre la multitud y cuando lo vi, me acerqué despacio para no asustarlo, pero él no se sorprendió de verme.

Yo sabía que me iba a encontrar dijo, pero se tardó usted demasiado y estoy ya muy enojado. Apúrese y sáqueme de acá ordenó.

En ese momento me di cuenta de que era el mismo, de que no había cambiado nada a pesar de todo lo que le había sucedido.

Pero los trámites para sacarlo no eran sencillos ni rápidos, así que me instalé en un hotel frente a la prisión y me dediqué a ello con paciencia. Durante el día, iba de oficina en oficina llenaba papeles enseñaba una y otra y otra vez los pasaportes y las visas pagaba los permisos y las multas y le prometía a los varios agentes que me entrevistaron que el muchacho se portaría bien. Pero durante las noches, en mi cabeza daban vueltas las cosas que había visto, me hervía el coraje en el pecho y se me hacía una bola que crecía y crecía. ¿Qué me estaba pasando? ¡No me reconocía a mí misma!

Me imaginaba atacando al Poncho, le clavaba un cuchillo unas tijeras le disparaba con una pistola que llevaba escondida en mi sostén, me imaginaba atacando a los agentes, les clavaba un cuchillo unas tijeras les disparaba con una pistola que sacaba de mi sostén. Quería vengarme, deseaba que corriera sangre.

22

Cuando por fin me lo entregaron, flaco ojeroso sucio, lo primero que se me ocurrió fue ofrecerle ir a comer para que se calmara. No necesito calmarme contestó. El enojo que tengo nunca se me va a quitar, y además yo lo voy a alimentar para que nunca se me quite. Porque el tráiler que salió de Uruapan tenía los permisos y autorizaciones y de todos modos los pinches gringos lo detuvieron, señal de que alguien me traicionó.

Le ofrecí entonces ir al hotel a bañarse y dormir un rato para que se calmara. Ya le dije que no necesito calmarme contestó. Necesito saber quién hizo la denuncia, el soplón al que hay que cobrarle la traición. Escogimos esta ruta porque a diario pasan miles de tráilers por el puente y justo a ése los pinches gringos lo detuvieron, señal de que alguien nos traicionó.

Le ofrecí entonces viajar un poco para que se calmara. Ya le dije dos veces que no necesito calmarme contestó. Pero acepto irnos a dar algunas vueltas por este país porque no puedo volver a Apatzingán hasta que quienes me persiguieron y quienes me traicionaron se olviden de mí.

Fue así como empezamos a tomar trenes y camiones sin dirección ni objetivo, a dar vueltas y más vueltas por ese enorme país sin orden ni concierto. No parábamos nunca, a veces dormíamos en algún hotel del camino, pero al día siguiente otra vez nos íbamos.

Me acordé de mis viajes en otros tiempos, esos que hice cuando estaba tan enamorada de un hombre, que me daba lo mismo detenernos en cualquier ciudad o pueblo alojarnos en cualquier hotel o posada dormir o caminar ver la televisión o conversar probar las comidas o comprar las artesanías, porque lo que me movía era el deseo de estar con él. Ahora en cambio, lo que nos movía era la pura desesperación, la pura inquietud del muchacho. No hablábamos con nadie, apenas si probábamos algún bocado comprado en cualquier parte, no conocíamos los lugares.

Y así anduvimos muchos días, hasta que el Poncho por fin se quiso quedar en alguna parte.

Se llamaba Lancaster y sólo Dios sabía en qué parte del territorio gringo estaba, si era ciudad o pueblo, si había algo allí que nos ayudaría a encontrar la tranquilidad. Lo que creo que le gustó fue que en la estación había un tren antiguo que seguía funcionando, con todo y sus maquinistas vestidos a la usanza tradicional, como en los dibujos de su libro infantil. Y que había un hotel cuyas habitaciones eran vagones de a deveras, en el que nos instalamos a pesar de que estaba bastante sucio.

Durante el día salíamos a caminar, dábamos vueltas por las calles, íbamos al mercado por nuestros alimentos. En las noches nos dormíamos temprano.

Una vez fuimos a un parque de diversiones que tenía toboganes y montaña rusa, pero no nos subimos a nada, él por desinterés y yo por miedo. Otra vez fuimos a donde viven unos grupos religiosos que tienen sus campos muy bien sembrados, sus granjas de madera y sus carretas jaladas por caballos, pero no nos quedamos a visitar, él por desinterés y yo por no separarme.

Los fines de semana buscábamos algún centro comercial, porque eso sí, al Poncho le gustaba ir de tiendas. En todas se detenía, todas le interesaban. De ropa le compré la que quiso: camisetas con y sin dibujos zapatos tenis con y sin agujetas sudaderas y pantalones, pues me daba gusto que se arreglara y emperifollara. Pero de lo electrónico nada: ni computadora ni tableta ni teléfono celular ni reloj con internet, pues me daba miedo que se conectara con Michoacán y nos encontraran.

Porque para entonces, gracias a Dios, habíamos dejado atrás a la abuela a su jefe a sus amigos de los que yo nada sabía pero que no me inspiraban confianza, habíamos dejado atrás lo que había sido nuestra vida, habíamos dejado atrás Apatzingán Michoacán México.

Ahora éramos una madre con su hijo instalados en un remoto rincón de Estados Unidos, sin deberes ni obligaciones ni lazos con nada ni con nadie en el mundo.

Así estuvimos hasta que llegó el invierno.

¡Qué cosa tan tremenda! No estábamos acostumbrados a ese frío ni a la nieve ni a esa lluvia que calaba hasta los huesos por más que uno se abrigara, así que no podíamos salir y lo único que hacíamos era ver televisión, metidos en nuestro vagón de tren: telenovelas concursos de baile y montones de programas sobre narcotráfico y vidas de narcotraficantes que a los americanos les gustan mucho.

Decían que si el narcotráfico es esto o aquello, que si se puede definir así o asá, que si siempre ha existido y no sólo hoy, pero que ha crecido mucho pues ya está en todo el mundo y en él participa todo tipo de gente. Decían que son grandes grupos que obedecen a un jefe y pelean por el territorio, que trafican drogas pero también gasolina, medicinas pero también armas pero también personas pero también maderas preciosas y además hacen negocios con secuestros y extorsiones y cobros de piso, por igual en el campo que en los pueblos que en las ciudades y por igual a las minas que a las haciendas que a las fábricas que a los restoranes que a las tiendas. Decían que lo único que quieren es dinero y más dinero, que tienen el apoyo de los políticos y los policías y que son muy violentos, que les gusta violar y torturar y matar.

No se cansaban de pasar imágenes de balaceras cadáveres tirados allí nomás pobres diablos colgados de los puentes cabezas aventadas al centro de una pista de baile. No se cansaban de contar las vidas de los jefes sus casas enormes autos de lujo mujeres hermosas y montón de sicarios a su servicio.

Pero lo que deveras les obsesionaba era saber ¿Por qué y cómo una persona se convierte en narco? ¿Por qué son tan crueles? ¿Por qué los gobiernos no han podido acabar con ellos a pesar de tanto que lo intentan o que dicen que lo intentan?

23

Para cuando por fin empezó la primavera, estábamos tan hartos del encierro, que al ver en una revista el anuncio del maratón de Boston le propuse a mi muchacho que fuéramos para allá.

¿En calidad de qué? preguntó. Y él mismo se respondió: de participante no puedo, no tengo condición física. Y de observador no veo qué caso tiene, se ve mejor en la televisión.

Aún tienes tiempo para entrenar y para calificar como corredor dije.

Ay madre, usted siempre con sus cosas. Me quiere sano, me quiere calmado, pero me quiere desconectado de todos.

¿Eso te parece mal? pregunté.

Me parece que no es asunto suyo contestó.

Sí lo es. No quiero que tengas nada que ver con México con Michoacán con Apatzingán. Quiero que tú te olvides de ellos y que ellos se olviden de ti.

Me parece que no es asunto suyo volvió a decir.

Sí lo es volví a decir yo. Me imagino lo peor cuando pienso en eso.

¡Pues no se ande imaginando! dijo él.

Pero es que te quiero dije yo.

¡Pues no me ande queriendo! dijo él, repitiendo lo que me había dicho alguna vez.

Allí quedó la cosa, o eso creí. Porque unos días después me dijo que siempre sí fuéramos al maratón.

¿En calidad de qué? pregunté.

En calidad de alguien que ya no aguanta esta inacción, esta inmovilidad contestó. Así que empaque usted y vámonos.

Y eso hice. Empaqué y nos fuimos.

Llegamos a Boston a media tarde de un día soleado, y nos instalamos en un hotel que habíamos visto anunciado en el camino.

Cruzando la calle, había un restorán donde descubrimos los desayunos más impresionantes de nuestras vidas: unos grandes platos con hot cakes cubiertos de mantequilla y miel y huevos revueltos y tocino y salchichas y jugo de naranja y café con leche. Y también las comidas más impresionantes: hamburguesas y aros de cebolla empanizados y pollo frito y papas fritas y refrescos y malteadas. Y las cenas más impresionantes: cerdo salado y cerdo agridulce y arroz frito con camarones y arroz frito con carne y bebidas dulces a base de yogurt.

Era todo tan delicioso que nos hicimos adictos. Esperábamos con ansiedad que amaneciera para poder ya ir a desayunar y a veces desde la madrugada estábamos viendo el reloj. Y a que fuera la hora del lunch y a que abrieran para el dinner.

Nunca me pesé pero estoy segura de que engordamos muchos kilos. ¡Yo que había empezado este viaje delgada y con cinturita de avispa como decía uno de mis clientes!

Poco a poco comenzamos a hacer algunos paseos: al mirador que había en el piso 50 de un edificio, al barco que paseaba por la bahía, a caminar por el centro.

Y poco a poco nos pusimos de buen humor, así que aprovechamos para buscar en el directorio telefónico a un dentista que nos hiciera una limpieza y a un oculista que nos revisara los ojos y a un podólogo que nos cortara las uñas de los pies y a un médico general que nos dijera sobre nuestro estado de salud y a una dermatóloga porque al Poncho le habían salido granos en la espalda.

Llegamos a estar tan contentos, que hasta hicimos algunas locuras: comprar tinte de colores para el cabello aretes para la nariz pintura oscura para las uñas. Y un tatuaje. Bueno, más o menos. Porque el Poncho sí se lo hizo, pero yo no. Pedí que me escribieran su nombre en el hombro, pero cuando empezaron con la aguja, me dolió tanto que lo dejé en la letra P.

Y por supuesto, le entramos a la demencia que imperaba en la ciudad de comprar ropa deportiva. Todo mundo estaba en eso, no había otro tema que el deporte y el ejercicio. Vendían no sé cuántos modelos de zapatos para correr y para caminar, no sé cuántos tipos de telas que absorbían el sudor y que refrescaban el cuerpo, no sé cuántos modelos de sombreros que no dejaban pasar los rayos del sol, no sé cuántos tipos de bebidas que hacían recuperar los minerales perdidos con los entrenamientos.

Gastamos una fortuna pero pasamos unos días excelentes. Por primera vez vi sonreír al muchacho, él que siempre era tan serio y reservado, tan incapaz de estar contento, tan desinteresado de todo, tan refunfuñón. Y yo, una mujer común y corriente, me emocioné por tanta bendición que me fue concedida. Entonces le recité a Dios las mismas palabras que una famosa actriz le recitaba cada doce de diciembre a la Virgen Morena en la basílica de Guadalupe: Y este canto / es mi canto para ti. / Te vengo a agradecer / por todo lo que has hecho por mí.

Así fueron las cosas hasta que el muchacho empezó a desaparecer. Se salía del hotel, cada vez por más tiempo, a veces regresaba muy tarde en la noche o ya de madrugada. Nunca me dijo a dónde iba y yo tampoco le pregunté, pues si algo había aprendido con él, era que eso no le gustaba. Pero además, porque lo veía volver contento o al menos excitado.

Y un día me lo soltó: madre, escúcheme por favor. Y me contó su plan.

Mi respuesta fue inmediata: estás enfermo, no cuentes conmigo. Fue lo único que acerté a decir pues sus palabras me habían dejado totalmente sorprendida y absolutamente indignada.

Entonces se enojó y durante días no me dirigió la palabra. Después empezó a insistir. Todo el tiempo, a todas horas. No se cansaba de explicarme lo perfecto que era su plan. Y por fin un día me lo soltó: madre ¿le va usted a entrar conmigo o no? Porque si me dice que no, pues de una vez aquí nos despedimos.

Para ese momento, yo ya me había dado cuenta no sólo de que nunca lo convencería de abandonar su idea, sino de lo mucho que me dolían su enojo su silencio su alejamiento. Por eso moví afirmativamente la cabeza.

Se puso tan emocionado que me abrazó, me besó, bailó conmigo por toda la habitación y hasta me dijo que me quería.

Fue un momento único. Un momento de amor y de dicha. Entendí entonces que no era cosa de cuestionarlo sino de apoyarlo, pues sólo de esa manera seríamos felices los dos.

Y a partir de ese momento lo hice, y a partir de ese momento lo fuimos.

Lo primero que me encomendó fue averiguar en detalle la ruta del maratón. La recorrí poniendo mucha atención en los edificios casas tiendas varias universidades que había y hasta un estadio de beisbol, algún día voy a ir a un partido pensé, nunca he visto uno. Pero sobre todo puse atención en basureros buzones de correo varios parques que había y hasta estacionamientos, algún día voy a aprender a manejar pensé, nunca he tenido un auto. En especial puse atención en lo que estaba alrededor de la meta, que no era lejos del hotel donde nos alojábamos, en una plaza llamada Cowley.

Había subidas y bajadas, algunas tan inclinadas que seguro rompían el corazón de los corredores, sobre todo en los últimos diez kilómetros. En varios tramos había personas practicando, caminaban corrían hacían ejercicios de fuerza o de estiramiento y llevaban a sus perros, porque en ese país les gusta mucho tener perros. Una muchacha iba con cuatro, enormes todos, y en su camiseta decía: Adopta a tu mejor amigo, marca ahora: 617 438 4465. Me acordé de mi hermana que recogía a cuanto can se encontraba en la calle, lo llevaba a la casa, lo bañaba, lo alimentaba y luego la abuela lo regalaba a algún refugio.

También compré todo lo de la lista que me entregó: las mochilas las ollas de presión los circuitos eléctricos los clavos. Lo hice poco a poco y en diferentes tiendas para no despertar sospechas.

Cuando llegó el día, mi hijo se levantó muy temprano y acomodó las cosas como debían ir. Luego fuimos a la calle

Boylston y esperamos, Poncho por un lado, yo por otro, como si no nos conociéramos.

Había un niño muy lindo que también esperaba. Tendría como ocho o nueve años y estaba atento para ser el primero en ver al ganador.

¿Guat is yur neim? le pregunté.

Martin me contestó.

¿Jau old ar yu?

Eit.

¿Güer du yu liv?

Dorchester.

¿Guat ar yu duing jir?

Güeiting for mai dad, ji is roning.

En eso estábamos cuando Poncho me hizo la seña convenida. Entonces dejamos las mochilas en el sitio indicado y nos fuimos.

Un rato después todo era caos: ambulancias patrullas imágenes en la televisión declaraciones de los funcionarios asegurando que no entendían cómo pudo pasar esto si no había informes de inteligencia que indicaran que tal atentado se llevaría a cabo.

Esa tarde Poncho desapareció como se había vuelto su costumbre. Yo revisé bien que no quedara ningún clavo o circuito eléctrico olvidado por allí, y luego me salí a la calle, a ponerle flores y veladoras a las víctimas como estaban haciendo otros.

En las noticias le echaban la culpa de las explosiones a dos jóvenes, hijos de una familia que había llegado hacía poco más de diez años de algún lugar allá por Rusia. A uno lo mataron en la persecución, a otro lo hirieron y aunque lo estaban curando, dijeron que le iban a dar pena de muerte. Nunca dudaron de que ellos fueran los culpables.

Cuando regresó, Poncho venía malhumorado y alterado. Empaque usted y vámonos ordenó.

Y eso hice. Empaqué y nos fuimos.

Una hora después estábamos en el aeropuerto comprando los boletos para irnos lo más pronto y lo más lejos posible de Boston Massachusetts Estados Unidos de
América.

24

Aterrizamos en Londres un mediodía nublado. Ni Poncho ni yo entendimos por qué, si habíamos abordado a las diez de la noche y el vuelo había durado seis horas, ya era el día siguiente.

Pero la verdad es que no entendíamos nada: ni dónde recoger las maletas ni cómo cruzar migración ni por cuál puerta llegar a la sala ni qué hacer para cambiar dinero ni en qué parte buscar un taxi. ¡Y eso que yo sé inglés! Nunca le había dado las gracias a la abuela Hazel por obligarnos a aprender su lengua, de hecho había sido al revés, me había molestado con ella, pero en ese momento sí que se las di.

Creo que tardamos lo mismo en cruzar el océano que en salir del aeropuerto, pero finalmente lo logramos y con ayuda del taxista, buscamos un hotel, lo que no era fácil pues todo era demasiado caro por allí.

Pero una vez instalados, entonces me emocioné. ¡Estaba yo nada menos que en la ciudad que según la abuela era la más maravillosa del universo!, donde ella había ido a estudiar la universidad desde su natal Manchester y donde conoció al mexicano que se la llevaría a vivir tan lejos. ¡Cuántas veces la escuché a ella y a mi padre comparar sus dos países favoritos! Y ahora yo había llegado al de quienes le piden a Dios que cuide a su soberana y había dejado atrás al de quienes le piden que bendiga a su nación.

La primera semana caminamos por la ciudad sin rumbo fijo. Unos días había tanta neblina que no se veía delante de las narices, otros llovía sin parar. Pero las personas seguían como si nada haciendo sus actividades. Casi te quedas sin tía cuando al cruzar la calle un ciclista me atropelló. Inmediatamente alguien que pasaba por allí llamó a un número de emergencia y en menos de lo que me di cuenta, vino una patrulla y me llevó al hospital, donde me revisaron de pies a cabeza, me hicieron radiografías y hasta un escáner, todo sin cobrarme un centavo y todo para decirme que no me había pasado nada. Bueno, es un decir, porque tenía muchos moretones y mi corazón latía a toda velocidad.

Dos días completos no me moví de la cama hasta que logré reponerme. Pero cuando me tranquilicé, comenzamos a hacer algunos paseos, primero a pie y después tomando autobuses para ampliar nuestro radio de movimiento. Eran de dos pisos y tenían el volante y al chofer del lado derecho, pero me encantó subirme a ellos y sentarme arriba con todo y la lluvia, haciendo nuestras actividades como si nada.

Pasamos por calles que se abren a plazas, por edificios viejos bien cuidados y junto al gran río que todos cuidan. ¡Qué diferencia con México donde los ríos están llenos de basura!

Nos tocó presenciar un desfile de caballos, muy adornados y erectos, y un concurso de rosas a cual más bonitas. Visitamos el palacio donde vive la reina, la abadía donde se casó la princesa, el reloj que marca la hora, la torre donde metían a los prisioneros, el puente que tiene piso de vidrio y la enorme rueda de la fortuna en la que dimos una vuelta tan lenta, que hasta yo me desesperé con todo y que soy miedosa.

Fuimos en el tube que a mí me encantó, entramos al museo de cera que a Poncho le encantó, nos topamos con manifestantes en contra y a favor de algo que se llama Brexit y comimos un horrible pescado aceitoso con papas, acompañado eso sí, de buena cerveza. ¡Qué diferencia con México donde en cada esquina venden algo sabroso!

Todo está muy lleno de gente de tiendas de bares de teatros. En un restorán conocimos a un mexicano, un señor muy elegante que se llamaba Enrique, y que venía con su nieto de tres años, los dos de traje y corbata, a visitar la compañía de seguros para la que trabajaba. Él nos recomendó un lugar donde servían comida hindú, pero no nos atrevimos a probar.

Un día pasamos frente a un local en el que anunciaban clases de música y se me ocurrió decirle al Poncho si no quería inscribirse. Su entusiasmo me sorprendió, porque nada le interesaba nada le parecía y de todo refunfuñaba.

De las posibilidades que ofrecían, la que más le interesó fue la guitarra eléctrica, así que inmediatamente compramos una, inmediatamente tomó su primera clase, inmediatamente se puso a practicar toda la tarde en nuestro cuarto, mientras yo, embobada, lo miraba.

A las pocas semanas ya se acompañaba las canciones que le gustan y a los pocos meses hasta se animó a participar en una presentación a la que asistimos los parientes y amigos de los alumnos.

¡Qué cosa tan terrible! La música era fea y estaba a un volumen insoportable, pero lo peor fue cuando le tocó su turno a mi muchacho, pues difícilmente eso que salía de su garganta se podía considerar canto. Era de vergüenza ajena y ojalá hubiera sido también de vergüenza propia, pero embobada lo escuché cantar canción tras canción.

Fue por entonces cuando por tanto practicar, se lastimó seriamente la mano derecha y tuvimos que ir al hospital, donde lo revisaron de pies a cabeza y le hicieron radiografías, todo sin cobrarnos un solo centavo y todo para decirnos que tendría que dejar de tocar por un tiempo. Le pusieron una inyección para quitarle el dolor y le dieron pastillas y una pomada para desinflamar, que diariamente le unté dos veces al día. Una vez me equivoqué y se la unté en la otra mano y se enojó muchísimo. En ese momento me di cuenta de que era el mismo, de que no había cambiado nada y de que habían terminado los tiempos de estar contentos o por lo menos tranquilos.

Y así fue. Apenas mejoró, el muchacho volvió a su costumbre de desaparecer por largos ratos y yo, a la mía de no preguntarle a dónde iba, aunque había visto lo animados que son los pubs y me imaginé que andaría en eso como todos los jóvenes.

Yo misma empecé a salir porque no me interesaban los programas de la televisión. Así fue que visité la plaza Picadilly, la calle donde los Beatles se retrataron cruzando sobre unas rayas blancas, el mercadillo de Camden y un antro en el que tocaban salsa y al que volví todas las tardes porque conocí a un cubano que me enseñó a bailar los ritmos tropicales.

Hasta que una noche Poncho me lo soltó: madre, escúcheme por favor. Y me contó su plan.

Mi respuesta fue inmediata: estás enfermo muchacho. Pero en ese mismo momento me percaté de que no era lo que le quería decir, porque con todo y mi indignación, no podría soportar otra vez su enojo su silencio su alejamiento, así que procedí a hacer lo que me indicó: alquilar un auto, conseguir un taxi y comprar los boletos para salir inmediatamente del país.

Llegado el día, cumplimos todo al pie de la letra: él manejó el auto y lo aventó contra los transeúntes que caminaban tranquilamente por el puente que está frente al Parlamento, y yo me quedé en el taxi cantando lo que acostumbraba tararear la abuela: London Bridge is falling down / my fair lady. En cuanto terminó su acción y llegó a donde lo esperaba, directamente nos fuimos al aeropuerto.

Allí, mientras salía nuestro vuelo y solicitábamos por internet la visa electrónica para el país de destino, vimos en la televisión a la primera ministra hablando del ataque y diciendo que era nauseabundo. Luego informaron que había cuatro muertos y varios heridos, algunos de gravedad, y que la policía había matado a tiros al atacante.

Le echaban la culpa de los atropellamientos a un hombre que andaba en los jardines del Parlamento cargando dos cuchillos, y cuando lo quisieron detener le clavó uno al policía, por lo que otro uniformado le disparó. Nunca dudaron de que él fuera el culpable.

Nosotros en cambio, una hora después estábamos despegando para irnos lo más pronto y lo más lejos posible de Londres Inglaterra.

25

Aterrizamos en Estambul ya de noche. Cuando nos bajamos del avión sentí miedo. Había poca gente y poca luz en el aeropuerto. No me dio emoción alguna. ¿Qué hacíamos en esta ciudad, en este país que no nos significaba nada? No lo sé. Pero fue el único vuelo que salía cuando lo necesitábamos y para el que conseguí lugares. El destino nos había traído acá y acá estábamos.

Al taksi le preguntamos si podía llevarnos a cenar, porque desde el desayuno no habíamos probado bocado. Nos llevó al puerto, lo único abierto a esa hora según dijo. Otra vez sentí miedo. Había poca luz y poca gente en las calles. Nos sentaron en una mesa sobre la banqueta, sólo había otra ocupada, pero las personas no comían sino que jugaban con fichas blancas y negras sobre un tablero mientras otros miraban. Dei pleying taule dijo el mesero cuando vio mi curiosidad. ¿Yu nou taule? preguntó ¿shesh besh? ¿backgamon?

Cuando le iba a decir que ni idea tenía de lo que hablaba, trajeron la comida y me olvidé de todo. Era un filete de pescado en salsa de ajonjolí acompañado de berenjenas y de postre un pastel con pistaches y queso derretido que se te iba el alma al cielo.

El mismo taksi nos ayudó a buscar un hotel en el barrio de Sultanahmet, porque lo importante era estar cerca de lo que había que ver dijo.

Era una casa vieja que en su tiempo seguramente fue de gente rica. Tenía tres pisos y desde las ventanas de las habitaciones se veía majestuoso el río que partía en dos a los continentes: para este lado es Asia y para aquel lado es Europa dijo orgulloso el dueño.

¡Y cómo no iba a estarlo si los amaneceres con los minaretes y cúpulas te hacían sentir en un cuento de hadas, y los atardeceres con los barcos y barcazas te hacían sentir en un tiempo lejano!

En la planta alta había una terraza en la que servían el desayuno: huevos duros y aceitunas de distintos colores y ensaladas de distintas verduras, y en la planta baja había un restorán en el que servían la cena mientras unos hombres envueltos en grandes túnicas blancas daban vueltas y vueltas en una danza extraña. Dei sufis dijo el mesero cuando vio mi curiosidad. ¿Yu nou sufis? preguntó ¿dervishes?

Pero no le contesté nada, porque ni idea tenía de lo que hablaba.

Como habíamos hecho en Londres, empezamos caminando para conocer los alrededores, y luego tomando tranvías para ampliar nuestro radio de movimiento. Allí iban traqueteando y me encantó subirme a ellos y hacer nuestras actividades como si nada.

Había muchas mezquitas, enormes grandes pequeñas y minúsculas, muchos cafés en donde los hombres jugaban el mismo juego del tablero con fichas que había visto el día que llegamos, muchas plazas en las que caminaban mujeres con mascadas envolviendo sus cabezas. Por todas partes había anuncios que decían Turkiye Is Bankasi Atatürk Erdogan.

Buscando agua, empresa imposible en un país en el que te advierten que no debes beber de la llave pero no sabes dónde comprar la embotellada, dimos con una mezquita junto a una plazuela llena de palomas, por la que correteaban niños mocosos, perseguidos por sus madres completamente cubiertas con vestidos negros, que usaban unas chancletas abiertas y tenían muy sucios los pies. Y buscando alguna botana, empresa imposible en un país en el que te advierten que no debes comer tanto dulce pero no sabes dónde comprar lo salado, dimos con el palacio del Sultán, donde nos enseñaron el harem en el que vivían las mujeres, con gran lujo y muy bien atendidas, pero sin jamás poder salir.

A mi muchacho nada de esto le interesó, pero en cambio se volvió loco en el museo, que tenía un salón con joyas: pulseras anillos dagas cuajadas de piedras preciosas y en el centro, colgando del techo, un diamante enorme, gigante más bien.

En el restorán de los danzantes, Poncho conoció a dos jóvenes y se amistó con ellos. Pronto empezó a desaparecer por largas horas como le gustaba hacer.

Y como yo no podía ver la televisión porque no entendía nada del idioma, pues también empecé a salir, siempre por el centro porque me daba miedo aventurarme más lejos. Caminaba por las calles, veía los aparadores, me sentaba en las bancas de la plaza.

Un día pasé por enfrente de un edificio que tenía la fachada en reparación. La puerta estaba abierta y me asomé. Inmediatamente vino a mi encuentro una mujer ya mayor.

¿Puedo pasar? pregunté.

Icheri yal contestó. Y agregó: Gunaydin.

Disculpe, no hablo turco.

¿De ande vienes? ¿Onde moras?

De México dije, y en ese momento me di cuenta de que ella me había entendido a mí y yo le había entendido a ella, aunque su español sonaba extraño.

Empezamos a platicar. Me dijo que ese idioma se llamaba djudezmo o ladino, que era el español antiguo que hablaban los judíos que habían sido expulsados de España y habían llegado al Imperio Otomano, y que ese lugar era una sinagoga, el templo donde ellos rezan, que había sufrido un atentado hacía varios años y por eso lo estaban reparando.

Nos caímos bien la señora Esther y yo, así que volví todos los días para conversar con ella en ese remanso de paz y tomar un café cargado y dulce que preparaba en una jarrita de cobre a la que llamaba cezve.

Había nacido en Estambul, aunque ella le llamaba Kosta. Estaba casada con un hombre también judío y también nacido en esa ciudad. Tenía tres hijos ya engrandecidos como decía, pero ninguno vivía en Turquía, los dos varones estaban en Canadá y la mujer en Francia. Por eso casi nunca los veía, lo cual le daba mucha tristeza, jazita me dicen mis vecinas, miskeiná me dice el rabino, pobrecita se dice en español. Mis nietos no sabrán del amor de una abuela, porque los veo muy rara vez y como decimos acá, los ángeles de la muerte ya rondan mi puerta.

Por eso fue tan bonito cuando un día la encontré muy contenta y me dijo: mi hija está aquí de visita con mi única nieta mujer, la niña más hermosa, con sus cabellos embuklados y sus enormes ojos negros. Vino por la fiesta.

¿Cuál fiesta? pregunté.

Nuestro año nuevo contestó.

¿Qué ustedes no tienen el mismo año nuevo que nosotros?

No, el nuestro es ahora, a veces cae en eylül, a veces en ekym. Este año se junta con la fiesta nacional de la proclamación de la República, así que todo el país estará de festejo, no sólo los judíos. Y agregó: quiero invitarte a cenar con mi familia para que la conozcas. Me gustaría que vinieras con tu hijo para que yo lo conozca.

Pero mi hijo no quiso ir. A él nada le interesaba nada le parecía y de todo refunfuñaba. Así que yo sola tomé un taksi y me fui a casa de la señora Esther.

Era un departamento pequeño y había muchas personas que me recibieron con amabilidad, aunque nadie hablaba inglés ni nadie, excepto los dueños de casa, hablaba el viejo español, así que no pude sino mirarlos departir.

Cuando pasamos a la mesa, la doña se cubrió la cabeza con una mascada de encaje blanco, prendió dos velas delgadas que estaban en unos candelabros de plata labrada, se tapó los ojos y dijo unas palabras en un idioma que no entendí pero en el que cada tanto se repetía la frase baruj atá. Al terminar, todos en coro dijeron amén y se abrazaron deseándose anyada buena, después de lo cual las mujeres trajeron la comida.

No puedo describirte lo que fue eso. Había quesadillas pequeñas de harina de trigo rellenas de queso y espolvoreadas con ajonjolí y berenjenas en salsa blanca y tortitas fritas de haba y dip de garbanzo y sopa de yogurt con una hierba que sabía como el orégano pero más intensa y calabacitas rellenas de arroz y aceitunas en salmuera y montón de otras delicias que se te iba el alma al cielo. El esposo de la señora Esther me acercaba los platos y me hacía señas para que me sirviera. Todos comían y conversaban mientras la niña hermosa del cabello embuklado y los enormes ojos negros correteaba por la casa.

¿Son ustedes vegetarianos? le pregunté a mi anfitriona al ver que no se servía carne ni pollo. No, para nada me contestó, pero según nuestras leyes dietéticas, no puedes comer en la misma comida productos de carne y productos de leche, pues como dice El Libro, no cocinarás el cabrito en la leche de su madre. Hoy preferí preparar comida de leche porque mi yerno es libanés y quise agasajarlo.

Como ya era tarde cuando terminamos, ese mismo yerno me llevó de regreso al hotel, lo cual le agradecí lo más efusivamente que pude, esperando que entendiera mis señas y gestos.

El Poncho no había llegado cuando me acosté. Y cuando desperté al día siguiente, seguía sin aparecer.

Decidí entonces regresar a la sinagoga. En el camino me detuve en una tienda de pasteles y compré una gran charola, todos rellenos de pistache y todos cubiertos con mucha miel.

Pero doña Esther no estaba allí. Así que tomé un taksi y le pedí que me llevara a la dirección de la noche anterior. No traía yo el número exacto del edificio pero sí recordaba el nombre de la calle. Sólo que para mi sorpresa, toda la cuadra y también las cuadras de alrededor eran puros edificios iguales, así que jamás pude encontrar en el que había cenado, aunque dos veces me detuve en alguno que creí reconocer y hasta toqué el timbre preguntando por Esther o por Ezra.

Volví a mi cuarto con mi charola de pasteles, que allí se quedó porque la señora no regresó a la sinagoga ni el día siguiente ni el siguiente.

La hubiera yo seguido buscando, pero no pude porque esa misma noche el Poncho me lo soltó: madre, escúcheme por favor. Y me contó su plan.

Mi respuesta fue inmediata: qué necesitas que yo haga. A estas alturas de nuestro peregrinar, ya no me arriesgaba a nada que lo pudiera enojar o alejar de mí.

Sólo espere usted mi aviso dijo.

Unos días después el aviso llegó: madre, hoy es la acción.

Y diciendo y haciendo, me entregó una mochila, se echó otra al hombro y nos subimos al autobús que iba para Balat, un barrio cerca del Cuerno de Oro, donde según la señora Esther estaban las sinagogas más viejas de la ciudad, porque allí había vivido en otros tiempos la mayoría de los judíos.

Y en efecto, en la calle Lavanta encontramos la de Yanbol, abierta porque era sábado.

La angosta puerta de madera de la entrada no permitía adivinar su hermoso y amplio interior, con adornos florales en el techo. Pero no tuve mucho tiempo para admirarlo, porque dejamos una mochila y nos fuimos a la otra sinagoga, la Istitpol, que tenía una estrella de David en la fachada, donde dejamos la otra mochila.

Sólo que de allí ya no pudimos salir porque empezó a llegar la gente. Los hombres llevaban un gorro pequeño en la cabeza y se envolvían en unos mantos blancos con rayas azules y las mujeres se cubrían con mascadas blancas de encaje como la que había usado la señora Esther para bendecir las velas. Todos tomaban un libro de los que había en una mesa a la entrada y se enfrascaban en su lectura provocando un murmullo intenso en un idioma que no entendí pero en el que cada tanto se repetía la frase adonai ejad.

Me inundó entonces una extraña sensación de tristeza, tuve ganas de creer, de tener un hogar una familia un templo una comunidad de la cual considerarme parte.

En silencio regresamos al hotel y en la noche prendimos la televisión, pero no hubo ninguna noticia sobre la acción. No al menos en las imágenes, porque de lo hablado no entendíamos nada. Así que al día siguiente volvimos a los lugares para saber qué había pasado, pero estaban cerrados.

Fue el dueño del hotel quien nos contó en su retorcido inglés, que en una vieja sinagoga había habido una ligera explosión y que una anciana había quedado levemente herida. Y dijo: hace años, cuando atacaron las sinagogas del centro, se hizo un gran agujero en el pavimento, la fachada se derrumbó, los cristales de las viviendas y negocios de alrededor se rompieron y hubo muchos muertos y heridos. Se ve que ahora les falló. Y luego agregó: o eso nos dicen, porque aquí la policía se guarda todo. Seguro que ya los están buscando y créanme que van a dar con ellos, porque son muy buenos para eso. Cuando fue el golpe contra nuestro presidente, no sólo lo sofocaron, dei crushed it complitly, y además detuvieron absolutamente a todos los opositores, por igual participantes que simpatizantes, unos doscientos mil entre militares policías jueces profesionistas maestros estudiantes, todos acabaron en la cárcel o muertos. Y luego agregó: también créanme que yo no quisiera estar en su pellejo, in deir skin, porque en mi país no importa nada eso de los derechos humanos que les gusta tanto a los europeos.

Al oír eso, el Poncho se alteró. Así que una hora después, estábamos en el aeropuerto, para irnos lo más pronto y lo más lejos posible de Estambul Turquía.

26

Pero salir de ese país no era fácil. El aeropuerto estaba muy vigilado, confirmando lo que nos había dicho el dueño del hotel. Lo bueno es que una madre y su hijo con pasaportes mexicanos no despertaban sospechas, aunque igual desde antes de entrar al edificio, nos revisaron concienzudamente los documentos las maletas y nuestras personas. Fue el único momento de todo el viaje en que temí que descubrieran el dinero que traía yo escondido contra mi pecho. Pero Poncho armó tal escándalo porque lo obligaron a desvestirse y a quitarse los zapatos, que atrajo la atención de todos los revisores y a mí no me hicieron mucho caso.

El vuelo más próximo iba a Tel Aviv. Yo me emocioné porque por fin podría conocer Tierra Santa, pero no lo compramos porque había unos hombres vestidos de traje oscuro y corbata, con micrófonos en las solapas y audífonos al oído, que le preguntaban a los que querían boletos cuál era su motivo para ir allá, si conocían a alguien, a qué se dedicaban en su país de origen, cosas así.

El siguiente vuelo más próximo era para Roma. El Poncho creyó que yo me emocionaría porque por fin podría conocer el Vaticano y ver al Papa, pero tampoco lo compramos porque yo no quería ir a Italia, tu tierra, tu patria y el lugar de los sueños de mi hermana. La sola idea de verte habiéndome convertido en lo que me convertí, me provocaba retortijones, no lo habría podido soportar y tampoco era cosa de estar allí sin avisarte. Así que acabamos comprando boletos para un país al que podíamos irnos esa misma noche, para el que no pedían visa ni vacunas ni certificados, no hacían preguntas ni revisiones ni trámites y en el que no conocíamos a nadie ni nadie nos conocía a nosotros: Japón.

Cuando el avión despegaba, vi desde la ventanilla el puente larguísimo que cruzaba el Bósforo, en el que había mucho tráfico. Mira le dije a mi muchacho, nos quedamos sin conocer esta ciudad, se ve que tiene también partes modernas. Pero a él eso no le importaba, así que ni siquiera me respondió.

Aterrizamos en Tokio a media mañana de un día frío, después de un vuelo larguísimo en una aerolínea rusa que hizo escala en Moscú, todo con tal de no subirnos a un avión turco, por aquello de la policía tan eficaz. Sentíamos las piernas entumidas por llevarlas tanto tiempo dobladas, pues había muy poco espacio entre las filas, y teníamos mucha hambre porque lo que nos habían servido de comer no nos gustó.

Al bajar nos dimos cuenta, por el sello en nuestros pasaportes, de que habían pasado dos días desde que salimos de Estambul. Me queda claro que no entiendo nada de cómo son los horarios de los países. Pero gracias a que habíamos conocido a una japonesa que iba sentada junto a mí en el vuelo, pudimos salir del aeropuerto, tomar el tren que lleva a la ciudad que queda muy lejos y entrar a un restorán tipo occidental en el que pedimos un sándwich que hizo nuestra dicha.

Midori hablaba perfectamente el castellano. Se dedicaba a traducir libros para una editorial española que sólo publica autores japoneses porque según dijo, la literatura de su país le gusta mucho a los lectores europeos. Venía de regreso de un congreso sobre su especialidad, que había tenido lugar en la que fue la casa del más famoso escritor ruso.

Después de comer nos llevó a un museo, al que fuimos arrastrando nuestras maletas y arrastrando el mal humor del Poncho a quien nada le interesaba nada le parecía y de todo refunfuñaba. Ni siquiera volteó a mirar los árboles pintados con tinta china en largos rollos de papel o las flores pintadas con suaves colores en largas tiras de seda que exhibían en él. A mí me avergonzó su actitud, pero a Midori no le molestó. En tono burlón le dijo: eres un chocolate, todo te choca y nada te late.

Luego nos ayudó a encontrar un hotel. La habitación era muy sencilla, no tenía camas sino unos petates sobre el piso de madera, ni escusados sino unos agujeros en el suelo, ni cobijas sino unas botellas con agua caliente que se ponían cerca del cuerpo.

Una vez instalados, me di cuenta de que no sentía emoción alguna. ¿Qué hacíamos en este país que no nos significaba nada? No lo sé. Pero fue el único lugar al que pudimos ir. El destino nos había traído acá y acá estábamos.

La ciudad nos resultó muy difícil, no sabíamos cómo movernos, no le entendíamos a los letreros ni a las personas.

¿Yu spik inglish? les preguntaba.

Inglis yes me contestaban.

¿Güer is di bus? les preguntaba.

Güeit me contestaban.

Entonces se juntaban tres o cuatro, discutían varios minutos entre ellos y luego uno se dirigía a nosotros con la respuesta a nuestra duda, ¡pero no captábamos sus indicaciones porque sólo Dios sabe lo que querían decir sus palabras en dizque inglés! Eso sí, todo con mucha amabilidad, muchas sonrisas y muchas reverencias.

Por eso decidimos solamente caminar, a pesar de que al Poncho le molestaba bastante un talón, algo que sucedió porque nos encontramos tirada una moneda, y la puso dentro de su zapato para así hacerse rico según dijo.

Ya somos ricos le dije.

La riqueza nunca es suficiente me dijo.

Te está sacando un callo le dije.

Más vale un callo que la pobreza me dijo.

Nunca había estado en una ciudad tan limpia, al punto que, como dijo Poncho, se podía lamer el piso.

Fuimos a conocer templos, que hay muchos. Algunos con budas panzones y otros con budas flacos, algunos con budas sonrientes y otros con budas dormidos, meditando según decían, y algunos con altares vacíos, sin ninguna deidad. Afuera de uno, encontramos un pequeño patio en el que había un montón de esculturas de piedra representando a bebés, todos con un gorro en la cabeza y un babero tejidos a mano y con reguiletes que se movían con el viento. Midori nos explicó después que son ofrendas por los abortados. Afuera de otro, encontramos un amplio patio en el que había un montón de familias que llevaban a sus niños elegantemente ataviados a la usanza japonesa. Midori nos explicó después que los llevaban a presentar.

En un museo al que entramos para usar el baño, me regañaron por mascar chicle. Mi reacción fue muy mexicana:

dis is not chuing gum, is medicin. Y la reacción de ellos muy japonesa: lo creyeron y hasta se disculparon conmigo.

Fuimos a conocer el mercado de pescados, muy bullicioso, aunque a mí me dieron lástima esos pobres bichos muriendo poco a poco sobre el hielo o apretujados en las peceras, mientras sus dueñas conversaban y los agarraban y aventaban como si no fueran seres sintientes, según les dicen acá a todos los que tienen vida, humanos animales plantas. Fuimos a conocer una escuela de sushi donde vimos cómo preparaban el arroz blanco pegajoso que luego ponían sobre un tapete y lo envolvían en algas. Fuimos a conocer una tienda de sake donde nos dieron a probar distintos tipos de esa bebida. Fuimos a conocer una fábrica de kimonos donde los había de algodón de telas sintéticas de seda, pero eso sí, todos floreados a más no poder.

Pero lo que más hicimos fue pasear por parques, hay muchos y son muy grandes, uno hasta tiene en medio el palacio del emperador, donde nos tocó ver a la familia real en el balcón, saludando a un público emocionado porque según nos explicó después Midori, eso solamente sucedía una vez al año.

Largos ratos pasábamos sentados en las bancas bajo el sol de invierno, junto a montones de viejos, mujeres sobre todo, que parecían de cien años o que los tenían, porque según nos explicó después Midori, en su país hay muchos viejos y en cambio nacen pocos niños.

Nos amistamos mucho Midori y yo. Vivía sola en un departamento pequeño, nunca se había casado aunque más de una vez sus padres habían tratado de conseguirle marido. El matrimonio es una carga pesada decía, tienes que hacerte cargo de los hijos del marido de los suegros, y tienes que guardar dinero para la vejez, porque si no lo haces, no tendrás cómo mantenerte. Por eso las japonesas ya no nos queremos casar.

En el mismo edificio pero en otro piso, vivía su hermano, que era profesor en una universidad y practicaba no me acuerdo cuál arte marcial. Tenía poco tiempo en Tokio, se había venido a la ciudad después de un tsunami que afectó la planta nuclear en la que trabajaba, es un milagro que esté vivo decía Midori, pues miles murieron allí, pero estaba a punto de irse a Akita, en el extremo norte del país, donde una agencia matrimonial le había conseguido esposa.

Ese Haruki era un personaje extraño. En un inglés perfecto y con absoluta seriedad, nos contó que había mandado un mensaje a no sé cuál planeta, que llegaría en el año 2129, y que la idea para eso se la dio un monje que vivió en Yucatán en el siglo XVIII, quien escribió sobre un viajero que fue a la luna para medirla pero se quedó a vivir allí. Y nos contó que la piel humana tiene sensores, de modo que si uno se queda demasiado tiempo en una misma posición, mandan avisos al cerebro para que el cuerpo se mueva y evitar que se paralice. Y nos contó que había inventado el país ideal, se llamaba Ianerán y lo había dibujado milímetro a milímetro: tenía varios pisos, en algunos se sembraba, en otros se fabricaba y en otros se habitaba. Estaba cubierto por una cúpula transparente de tal manera que nunca hacía frío ni calor, no había inundaciones ni vientos y toda la gente vivía a gusto. Y nos contó que estaba formando el mayor ejército del mundo y lo había dibujado soldado a soldado y avión a avión, en cientos de hojas de papel.

Un día me preguntó de cuál especie de homo éramos en México, y como yo no tenía idea de lo que hablaba, me explicó: en Europa es el neanderthal, en Asia es el erectus. Y como yo seguía sin idea de lo que me hablaba, me dijo muy serio: usted y su hijo se ven muy solos, seguro son soloensis. Y para que sepa de lo que le hablo, lea esto. Y diciendo y haciendo, me entregó una revista donde explicaban el asunto, pero yo por supuesto no la leí, sólo vi los nombres que él había subrayado para poderlos escribir aquí. Otro día me preguntó a cuál deidad venerábamos nosotros, si era alguna azteca o maya, y como tampoco tuve idea de lo que hablaba, me explicó: cada país tiene la deidad que explica su cultura. Y como yo seguía sin idea de lo que me hablaba, me dijo muy serio: usted y su hijo se ven como un sistema cerrado en sí mismo, seguro que su deidad no es de los indios, sino es la griega Gaia. Pero ya no le acepté que me enseñara ninguna revista en la que explicaban el asunto.

¡Éste fue el lugar al que llegamos Poncho y yo, tan desconocido y lejano, tan diferente y ajeno! ¿Qué carambas hacíamos en Japón?

Muy pronto mi muchacho se amistó con Haruki y empezó a acompañarlo a sus clases en la universidad y en las artes marciales. Y muy pronto lo imitó: se levantaba temprano se bañaba con agua fría doblaba perfectamente sus pantalones y sus camisetas acomodaba junto al lavabo muy parejitos y simétricos sus cepillos de dientes. En su cuerpo se empezó a notar el trabajo físico al que lo estaba sometiendo: su pecho se hizo más ancho su abdomen más duro sus piernas y brazos más firmes.

Yo por mi parte pasaba los días con Midori, contándole de México y aprendiendo de Japón. Y la empecé a ayudar con su trabajo, pues estaba traduciendo al castellano una novela de una mujer que se llamaba Banana. Con ella aprendí de escritores: uno que se apellidaba Oé y tenía un hijo discapacitado, uno que también se llamaba Haruki, al que le gustaba correr y uno cuyo nombre no recuerdo, que se había suicidado abriéndose el vientre con una espada.

Pero esa vida tranquila no duró para siempre. Un día el Poncho me lo soltó: madre, escúcheme por favor. Y me contó su plan.

Por supuesto no dije nada y sólo esperé su aviso.

Poco después, trajo unas bolsas de plástico que contenían un líquido y un paraguas de esos grandes que tienen la punta de metal. Luego les hizo agujeros a las dichas bolsas con la dicha punta y nos fuimos a una estación del metro cuyo nombre tenía anotado en un papel que le entregó al taxista que nos llevó.

El muchacho permaneció en silencio todo el camino y yo también.

Cuando el tren llegó, subimos, dejamos nuestra carga en varios vagones debajo de los asientos cerca de las ventanillas, y salimos caminando.

Más tarde, cuando pasábamos por donde están las tiendas que venden esos cómics a los que les llaman mangas, vimos en las televisiones de los aparadores que todo era caos: ambulancias patrullas declaraciones de los funcionarios.

Esa misma tarde nos fuimos al aeropuerto, yo avergonzada porque no me despedí de Midori, no le dije sayonara como me enseñó, ni le di las gracias, no le dije arigato hozaima como también me enseñó, y Poncho enojado porque no tuvo tiempo de recoger lo que había encargado: el manga de su autor favorito, un señor llamado Yoshiharu Tsuge. Pero era necesario irse lo más pronto y lo más lejos posible de Tokio Japón

27

Salir de ese país no era difícil, el aeropuerto estaba muy bien organizado y a nadie le llamaron la atención un par de turistas entre los muchos que había en la terminal.

De nuevo quisimos saber cuáles eran los vuelos más próximos. Nos ofrecieron Beijing, Kuala Lumpur y Bangkok, pero yo no quería ir a ninguno de esos lugares, el primero porque había oído decir a uno de mis clientes que los chinos se comen a los perros, el segundo porque había visto en la televisión que a los mexicanos los acusan de tráfico de drogas y los sentencian a muerte, y el tercero porque había leído en una revista que esa ciudad tiene un nombre larguísimo, de 8 palabras, cada una con montón de letras (19, 16, 18, 14, 27, 25, 22, 29), que quieren decir ciudad de ángeles, la gran ciudad, ciudad de joya eterna, la ciudad impenetrable del Dios Indra, la magnífica capital del mundo dotada con nueve gemas preciosas, la ciudad feliz que abunda en un colosal Palacio Real que se asemeja al domicilio divino porque reinan los dioses reencarnados, una ciudad brindada por Indra y construida por Vishnukam. Y por supuesto, no había forma de que yo aprendiera a decirlo, ni siquiera en su versión corta de cuatro palabras cada una con menos letras (5, 4, 4, 6).

Así que terminamos comprando un vuelo para un país al que podíamos irnos esa misma noche y para el que no pedían visa ni vacunas ni certificados, no hacían preguntas ni revisiones ni trámites y en el que no conocíamos a nadie ni nadie nos conocía a nosotros: España.

Aterrizamos en Madrid a media tarde de un día de otoño, después de un vuelo larguísimo en una aerolínea española que iba directo y sin escalas. Sentíamos las piernas entumidas por llevarlas tanto tiempo dobladas, pues había muy poco espacio entre las filas, y teníamos mucha hambre porque lo que nos habían servido de comer había sido muy poco.

Ni Poncho ni yo entendimos por qué, si habíamos abordado en la noche y habíamos volado tanto tiempo, seguía siendo el mismo día con apenas unas horas de diferencia. Pero la verdad es que no entendíamos nada: ni dónde recoger las maletas ni cómo cruzar migración ni por cuál puerta llegar a la sala ni qué hacer para cambiar dinero ni en qué parte buscar un taxi. ¡Y eso que hablan español igual que nosotros!

Cuando por fin logramos salir del aeropuerto, con ayuda del taxista buscamos una pensión. Mientras nos registrábamos, vimos en la televisión imágenes de Tokio, en las que muchas personas tosían enloquecidamente, tratando de no ahogarse y tallándose los ojos porque no veían. Miren ustedes lo que pasó en Japón dijo la señora que nos recibió, locos de una secta mataron a dos y dejaron a otros dos mil intoxicados en el metro de la capital, algunos graves porque no pueden respirar.

Poncho y yo cruzamos una mirada y nos fuimos a la habitación.

Que nos pareció maravillosa, porque tenía camas normales, con cobijas normales y un baño con escusado normal, algo que ya extrañábamos. También nos puso felices estar en un lugar en el que entendíamos lo que nos decían y nos entendían lo que decíamos, en el que podíamos pedir otra almohada, preguntar por una calle, tomar café y no puro té, decirle a la señora de la recepción que necesitábamos una farmacia.

Lo que sucedió muy pronto. Fue tal nuestro atascón de tapas en nuestros pobres estómagos acostumbrados a alimentarse de arroz cocido y pescado crudo, que no lo pudieron soportar. Así que allá fuimos, a contarle nuestras penas al hombre de bata blanca que atendía y que nos recetó y vendió jarabes y pastillas.

Dos días completos no nos movimos de la cama por diarrea, vómito y dolor de todo: el estómago la cabeza las piernas. Pero en cuanto nos aliviamos, empezamos como de costumbre a caminar por los alrededores y después, a tomar camiones para aventurarnos más lejos. ¡Estábamos nada menos que en la ciudad que según la maestra de mi escuela era la más querida para los mexicanos! Así lo decía: Madrid la amamos porque allí está el Rey, Roma la amamos porque allí está el Papa, París la amamos porque de allí viene la moda.

Encontramos muchas plazas, una de ellas la más grande que había visto en mi vida, y muchas avenidas, una de ellas la más larga que había visto en mi vida, y muchas urbanizaciones nuevas, todas ellas lo más lejos del centro de la ciudad que había visto en mi vida.

Las calles se llamaban como canciones: Puerta del Sol

Calle de Alcalá; como tiendas de abarrotes: Paseo de la Castellana La Gran Vía; como personajes del libro de la preparatoria: Arcipreste de Hita Gaudí. Había estatuas de reyes de escritores de viajeros cuyos nombres habíamos aprendido en la escuela: Cristóbal Colón Miguel de Cervantes Isabel la Católica. Y lugares con nombres que nos sonaban extraños como el barrio Lavapiés el restorán mexicano Cantina Roo el parque El Retiro. Aquí las pulgas no eran bichos sino bocadillos, la zarzuela no era música sino palacio y para ofrecerte una copa de vino te ponían junto a la marca y el precio una larga explicación: profundo densidad gruesa lustroso nítido estructurado equilibrado excelente.

Quizá porque entendía el idioma, quizá porque se había quedado con ganas de acción, el hecho fue que esta vez muy pronto el Poncho empezó a irse por su cuenta, nunca supe a dónde y por supuesto no le pregunté.

Por mi parte, me entretuve viendo en la televisión los pleitos de los políticos por las elecciones que iban a ser muy pronto, pero luego comencé a buscarme un quehacer.

Primero quise entrar a estudiar, pero como no tengo papeles, no se pudo. Después me quise apuntar como voluntaria para ayudar en los comicios, pero como no soy española, no se pudo. Entonces fui a visitar museos, pero los montones de cuadros de señores muy serios vestidos de oscuro me resultaron aburridos. Por fin me fui al teatro, pero la bailarina que combinaba el clásico con el flamenco fue tan maravillosa, que nada de lo demás me interesó.

Una mañana pasé por uno de esos centros que hay acá para las mujeres. Allí me recibieron muy bien. No les importó que no tuviera papeles que no fuera española que los museos me aburrieran y que el teatro no me interesara:

me aceptaron sin más. Y allí conocí a las más prendidas y a las más radicales con las que se puede uno topar, de esas que quieren acabar con los hombres con el régimen con el sistema con el capitalismo con las leyes con las costumbres y con todo lo demás.

Muy pronto estaba yo completamente contagiada de su entusiasmo y de sus ideas, escuchando conferencias, escribiendo pancartas y aprendiendo a cantar y bailar, en castellano catalán y eusquera, una coreografía inventada por unas chilenas que decía el violador eres tú.

Así transcurrieron varias semanas, durante las cuales casi no vi al Poncho, porque los dos pasábamos nuestro tiempo afuera. Ni cuenta me di a qué horas se dejó crecer la barba, pero se veía más viejo y muy serio.

Hasta que un día regresó y cuando vi el brillo de sus ojos, supe que había llegado el momento. Entonces fui yo la que lo solté: veo que tienes un plan.

Y en efecto, poco después, una mañana muy temprano, me entregó una mochila, él se echó otra a la espalda y metió en la bolsa de su pantalón un teléfono celular al que le puso una tarjeta de prepago. ¿De dónde lo había sacado si yo me cuidé tanto de que no tuviera uno para que no se pudiera comunicar a México? No lo sabía y definitivamente no era el momento de preguntar.

Nos fuimos sin desayunar. El muchacho permaneció en silencio todo el camino y yo también.

Nuestro destino era la estación central. ¿Acaso iríamos a alguna parte? No lo sabía y definitivamente no era el momento de preguntar.

Mientras esperábamos, le compré un billete de lotería a una mujer que tenía un puesto. Me dio su bendición y dijo: ojalá se la gane.

Cuando el tren llegó, subimos, dejamos nuestra carga debajo de un asiento cerca de la ventanilla, y salimos caminando.

Mientras nos alejábamos, el Poncho sacó el teléfono y apretó los botones. ¿A quién tenía que hablarle precisamente en ese momento? No lo sabía y definitivamente no era el momento de preguntar.

Regresamos a la pensión. El muchacho permaneció en silencio todo el camino y yo también.

Un rato después, todo era caos: ambulancias patrullas autos oscuros con ventanas oscuras que pasaban a toda velocidad.

En la televisión vimos las imágenes: había muchos muertos y muchos heridos, muchas declaraciones de funcionarios asegurando que esperaban un ataque como éste, pues desde hacía rato había informes de inteligencia que indicaban que tal atentado se llevaría a cabo, pero que no pudieron prever cuándo ni dónde.

Ya en la noche nos enteramos de que al mismo tiempo que nosotros, otros también habían puesto sus mochilas en los trenes y por eso la cosa había sido tan grande.

Poco después Poncho salió de la habitación. Pasaron muchas horas sin que volviera ni tuviera yo noticias de él. Muchas.

Pero no me moví de allí para estar presente cuando regresara.

Ya empezaba a temer que algo le hubiera sucedido, cuando apareció. Venía de muy mal humor, cojeaba y tenía sangre en una pierna y en una mano.

Le pedí ayuda a la casera, quien llamó a un médico amigo suyo. Hay que llevarlo al hospital dijo, porque tiene fractura.

Pero el muchacho no quiso saber. Así que el galeno le limpió las heridas, le envolvió la zona lastimada con unas vendas apretadas, le puso una inyección para el dolor y me encargó darle unas pastillas tres veces al día.

Como no podía dejarlo solo, esta vez ni siquiera fui a las manifestaciones de dolor que tanto me gustan, ésas en las que muchas personas salen a la calle a ponerle veladoras y flores a las víctimas, pero que aquí fueron para gritar consignas contra el gobierno.

Lo único que hice fue ver televisión. Pero no había telenovelas ni concursos de baile, solamente entrevistas a las familias y amigos de los muertos y heridos en los trenes, que contaban si éste no acabó la carrera de educación física si aquellos se iban a casar si una no pudo aprovechar la beca que se había ganado para estudiar en el extranjero y otra no pudo aprovechar el crédito que le habían dado para poner su negocio, si a esa mujer le habían confirmado su embarazo a ese hombre su ascenso en la oficina y a ese joven que le publicaban su primer libro.

Había también programas sobre terrorismo y vidas de terroristas que a los europeos les gustan mucho.

Decían que si el terrorismo es esto o aquello, que si se puede definir así o asá, que si siempre ha existido y no sólo hoy, pero que ha crecido mucho pues ya está en todo el mundo y en él participa todo tipo de gente. Decían que son pequeños grupos organizados, cada uno de los cuales actúa según sus propios planes, pero con un objetivo que todos comparten, establecido por los líderes.

Decían que hacen acciones en todo el mundo, que matan a mucha gente y asustan a mucha más, porque quieren que todos se enteren de sus causas, que son de tipo religioso y político.

No se cansaban de pasar imágenes de explosiones en edificios y estaciones del metro de matanzas en mercados y mezquitas. No se cansaban de contar las vidas de los terroristas, que si de aquí salieron que si así eran que si allá conocieron a alguien que los convenció.

Pero lo que deveras les obsesionaba era saber: ¿Por qué y cómo una persona se convierte en terrorista? ¿Por qué son tan violentos? ¿Y por qué los gobiernos no han podido acabar con ellos a pesar de tanto que lo intentan o dicen que lo intentan?

28

Muchas semanas estuvo mal mi muchacho. Dormía tanto y tan profundamente, que le daba yo de comer en la boca cucharadas de consomé de pollo con verduras que preparaba la dueña de la pensión, pero él ni cuenta se daba, no lo habría aceptado jamás si tuviera conciencia.

Por mi parte, estaba tan harta de ver televisión y tan aburrida del encierro, que empecé a salir. Necesitaba aire fresco, caminar.

Por supuesto, volver a la estación de trenes se convirtió en mi paseo diario. Recorría los andenes, acomodaba las flores y las veladoras que las personas les dejaban a las víctimas, ponía la misma cara triste de los que circulaban en el lugar.

Poco a poco la pierna le dejó de doler al Poncho, aunque no se podía parar ni apoyarla. Las pastillas que le recetó el doctor ya se habían acabado, así que ya no dormía tanto.

Y no sé si porque se aburría o porque no quería que me saliera y lo dejara solo, pero me empezó a contar cosas.

Me contó que a los muchachos de Boston los conoció por su hermana, de la que se enamoró perdidamente. Pero después ella se enojó con él, porque según dijo, el resultado de la acción fueron muy pocos muertos, por lo que no valió la pena el sacrificio de los suyos a los que adoraba, sobre todo al mayor que para su familia era como un dios, hermoso fuerte invencible.

Me contó que en Londres, se había puesto de acuerdo con un hombre que era de un lugar llamado Solihull, que andaba siempre dando vueltas por el viejo mercado de carnes, donde a veces conseguía algún empleo temporal, y por eso cargaba sus cuchillos bien afilados. Su nombre era Adrian, pero le gustaba que le llamaran Khalid. Y fue con él, cuando estaba aprendiendo a destazar animales, que se lastimó la mano y no por practicar demasiado tiempo la guitarra como yo había creído.

Dijo que hicieron el plan del puente ellos dos, pero que discutieron porque Poncho consideraba que era mejor hacerlo en fin de semana, pues había más personas circulando por allí, pero Khalid se empeñó en que fuera en día hábil porque sesionaba el Parlamento. Y aunque mi muchacho no entendió qué tenía que ver una cosa con la otra, de todos modos aceptó. También quedaron en que cada uno escaparía por su cuenta para luego encontrarse, lo que ya no sucedió porque a su amigo lo mataron.

Me contó que en Estambul, fue a una mezquita porque tenía curiosidad de ver qué era eso, y allí conoció a unos que le hicieron sentir ganas de creer, de tener un hogar una familia un templo una comunidad de la cual considerarse parte. Por eso se amistó con ellos y le contaron que diez años atrás habían hecho acciones en las dos sinagogas más grandes de la ciudad, con más de veinte muertos, más de trescientos heridos y mucha destrucción, y que ahora querían repetirlas exactamente de la misma manera: con autos que explotaban manejados por suicidas.

Pero el Poncho no se quería morir y por eso no aceptó el ofrecimiento. Pero como sí quería hacer acciones contra los judíos para congraciarse con sus amigos, fuimos a otras sinagogas donde había menos vigilancia. Además prefirió poner mochilas explosivas y no automóviles, pues en Turquía era muy complicado rentarlos, ya que había que dejar en prenda el pasaporte, con lo cual se hacía imposible salir inmediatamente del país.

Su decisión hizo que Gojan y Mesut se enojaran y lo amenazaran. Hasta intentaron tenderle una trampa para que apareciera como miembro de Al Qaeda involucrado en el atentado en el hotel Holiday en el que hubo dos muertos y once heridos. Pero eso les falló, pues los funcionarios del gobierno querían a fuerza acusar a los kurdos.

Me contó que en Tokio, cuando el hermano de Midori lo llevó a visitar la universidad, conoció a un estudiante de química que le enseñó modos de envenenar el aire y el agua. Fue esa persona quien consiguió el gas que iba en las bolsas de plástico que pusimos debajo de los asientos del metro, en una acción en recuerdo de los veinte años que habían pasado desde que su maestro Shoko había llevado a cabo una semejante, en la que hubo trece muertos y más de seis mil intoxicados.

Me contó que en Madrid, conoció en un bar a un muchacho que trabajaba en un taller de reparación de celulares y a través de él a los que hicieron las acciones en los trenes. Y que a éstos llegó a admirarlos tanto, que decidió convertirse a su religión musulmana y quedarse a vivir con ellos.

Por eso después de que pusimos las mochilas, fue a buscarlos al departamento en el que vivían, pero cuando estaba tocando la puerta, escuchó que los policías subían por las escaleras y entonces corrió a la azotea y por allí escapó brincando al edificio de al lado y fue cuando se lastimó la pierna y la mano.

Pero hasta que llegó de regreso a la pensión, se enteró por la televisión que se habían suicidado. Según las autoridades, murieron todos los involucrados, menos uno que escapó. Y ese uno, probablemente era él.

Me quedé callada, ¿qué podía decir?

29

No sé si por la aburrición del encierro o porque habíamos entrado en confianza, pero yo también le empecé a contar cosas.

Le conté que en una tienda de Lancaster, me robé la revista en la que venía el anuncio del maratón de Boston. Era la primera vez en mi vida que yo me llevaba algo sin pagar. ¿Por qué lo hice? No lo sé. Simplemente lo hice. Y jamás imaginé hasta dónde llegaríamos por culpa de esa publicación ni hasta dónde llegaría yo por culpa de ese primer atrevimiento.

Le conté que en Londres, me puse a hacer llamadas telefónicas al azar, y cada vez que me respondían mujeres, les decía que yo venía de México, que formaba parte de un poderoso cártel de narcotraficantes y que había secuestrado a su hija. Algunas me colgaron la bocina, otras me insultaron, unas más dijeron que estaba loca y otras más me amenazaron con llamar a la policía, pero una gritó: ¿Camila? Y de eso me aproveché y le dije: yes, Camila. La mujer se puso a llorar muy fuerte y a gritar que me duele el pecho que me muero que devuélvame a mi nieta y así siguió hasta que se hizo el silencio y ya ni siquiera se oía su respiración. ¿Por qué lo hice? No lo sé. Simplemente lo hice. Quizá para probarme a mí misma que era capaz de tener poder sobre alguien, aunque fuera por un momento tan pequeño.

Le conté que en Estambul, al salir de una de las sinagogas en las que pusimos las mochilas, me llevé varios libros de rezos que estaban sobre la mesa y cuando llegamos al hotel los rompí en pedazos. Era la primera vez en mi vida que yo rompía un libro. ¿Por qué lo hice? No lo sé. Simplemente lo hice. Quizá por mi envidia de tener una vida familiar de vivir en comunidad de ser creyente o para demostrarle a su Dios que no le tenía miedo.

Le conté que en Tokio, saqué un poco del líquido de las bolsas que trajo a nuestro cuarto, lo eché en un frasco y lo puse destapado sobre una banca del parque en el que pasaba las tardes. Y al poco rato los dos viejitos que estaban allí sentados empezaron a toser y a tallarse los ojos y la mujer como que se ahogaba. ¿Por qué lo hice? No lo sé. Simplemente lo hice. Quizá para demostrarme a mí misma que yo también era capaz de hacer acciones fuertes, aunque fuera en tan pequeña escala.

Le conté que en Madrid, cuando me dio por regresar todos los días a la estación de trenes, primero sólo daba vueltas por los andenes, pero un día rompí las veladoras que le habían puesto a una mujer que vendía billetes de lotería y que había muerto en la explosión, otro día le eché un cerillo encendido al bote de la basura que luego luego se prendió y eso asustó mucho a la gente, que empezó a correr para todas partes se daba empellones se tropezaba se caía, y otro día levanté en mis brazos a un niño como de tres años, que se había soltado de la mano de su madre y en su correr se acercó a donde yo estaba.

Ella empezó a gritarle que esperara y respiró aliviada cuando vio que lo detuve, pero yo, en lugar de devolvérselo, me fui caminando rapidísimo hacia el otro lado, sacando fuerzas de quién sabe dónde, y así me seguí hasta que se dejaron de oír los gritos de la mujer que parecía una loca de cómo aullaba.

Entonces comencé a caminar despacio. Estaba muy agitada pero me fui calmando poco a poco. El que no se calmaba era el chamaco que no paraba de llorar. Lloraba y lloraba en voz muy alta, muy chillona, hasta que no pude más y le di un golpe para que se callara. No pensé que había sido tan fuerte, pero empezó a sangrar mucho de la nariz y a llorar más fuerte todavía.

Entonces pues lo dejé. Lo bajé al piso y allí nomás lo dejé. ¿Por qué lo hice? No lo sé. Simplemente lo hice. Había llegado demasiado lejos sin siquiera proponérmelo.

Se quedó callado, ¿qué podía decir?

30

Cuando por fin el Poncho pudo caminar, nos percatamos de que cojeaba. Pero para mi sorpresa, no se puso ni refunfuñón ni furioso ni violento como era su costumbre. En lugar de eso, empezó a pasar los días y las noches pensando cómo hacer para salir de España.

¿Por qué esa prisa? pregunté.

Porque la policía sigue enloquecida por agarrar al terrorista que les falta contestó.

¿Y cómo haremos para salir si todo está tan vigilado?

Ésa es exactamente la cuestión. Tenemos que encontrar la forma.

Nuestra relación había cambiado después de las confesiones, ahora el muchacho me consideraba más. Quizá por eso aceptó cuando le dije: mijo, escúchame por favor. Y le conté mi plan: nos iríamos en camión a la frontera con Portugal, pues seguro era la menos vigilada.

Se me ocurrió caminando por la calle de nuestra pensión, cuando me dirigía a la panadería en la que compraba unos pasteles que comíamos con el café del desayuno. En un aparador exhibían un cuadro que tenía pintado un viejo puente peatonal sobre un río poco caudaloso, con arcos muy anchos y la luz del sol del atardecer. Al pie estaba la identificación: Puente de Ajuda, entre Olivenza (España) y Elvas (Portugal).

Inmediatamente empaqué nuestras cosas, mientras Poncho se afeitaba la barba que se había dejado crecer cuando se hizo amigo de los musulmanes, que lo hacía ver más viejo y muy serio, y sin más agarramos camino en un autobús de línea.

Por supuesto, íbamos nerviosos, nunca nos dormimos ni nos comimos los pasteles que había comprado, pero una hora después, habíamos dejado atrás Madrid España.

31

Pero cuál no sería nuestra sorpresa, cuando de repente empezaron a aparecer letreros que anunciaban que habíamos llegado a Francia.

¿Y Portugal? me preguntó.

No tengo idea le contesté.

Pero sin pensarlo demasiado, nos bajamos del camión porque nos pareció una señal del cielo haber cruzado la frontera sin problemas. Y por si eso fuera poco, haber llegado a un pueblo que se llamaba Livia como la abuela y que también ya era mi nombre según el pasaporte.

Todo el día estuvimos en ese lugar, muy atentos a cualquier signo de algo anormal. Pero no pasó nada. Los habitantes hacían sus actividades y los turistas recorrían las tiendas.

¿Qué aquí no hay policías españoles? pregunté en un café en la calle principal.

Cómo cree señora respondió el encargado, nunca se atreverían a pasar por Francia. ¡No lo hicieron ni cuando querían impedir que los residentes votaran a favor de la independencia de Cataluña!

Entonces le propuse a mi muchacho irnos a París, pues lo más sensato era perderse en una gran ciudad.

Su aceptación inmediata me sorprendió, parecía ya no ser aquel al que nada le interesaba nada le parecía y de todo refunfuñaba, sino alguien tranquilo y más bien melancólico.

¿Cómo llegamos a París? pregunté en el mismo café de la calle principal.

Depende lo que prefiera respondió el mismo encargado. Puede tomar el avión o el tren que salen desde acá, o puede ir en autobús desde Targassonne, que está a 11 minutos 14 minutos 16 minutos o 18 minutos de distancia, dependiendo cuál ruta elija.

Para evitar mostrar los pasaportes y para estar seguros de siempre pisar suelo francés, elegimos lo segundo, con todo y que serían muchas horas de viaje. Pero ya éramos unos expertos en aguantar traslados larguísimos, que nos dejaban con las piernas entumidas por llevarlas dobladas tanto tiempo, así que esa misma noche agarramos camino en un autobús de línea.

Llegamos a la capital a media tarde de un día soleado. Acababa de pasar la fiesta nacional, así que aún se veían por todas partes las banderas azul, blanco y rojo, y en el aire se sentía el buen humor de la celebración y del verano.

Como hacíamos siempre, encontramos una pensión recomendada por un taxista. Era una casa vieja, que tenía una sala grande, una cocina pequeña y un baño que se compartía entre todos los habitantes, que en aquel momento éramos sólo nosotros dos y el casero.

Pero una vez instalados, me emocioné. ¡Estaba yo nada menos que en la ciudad que según mi madre era la más maravillosa del mundo! a donde ella hubiera querido ir a estudiar y conocer a alguien con quien casarse para vivir allí. ¡Cuántas veces las escuché a ella y a la abuela comparar sus dos ciudades favoritas! y ahora yo había llegado al país en el que se comen deliciosos mejillones en vino blanco y había dejado atrás el país en el que se come horrible pescado frito.

Pero la verdad es que teníamos una tristeza enorme. Yo no sabía por qué, y Poncho no decía nada, pero supuse que era por estar otra vez en un lugar en el que no entendíamos lo que nos decían ni nos entendían lo que decíamos. ¿O sería porque se arrepintió de lo que hicimos? ¿O sería porque sus amigos murieron y él se sentía mal por estar vivo?

El casero era malhumorado, algo que nunca antes nos había sucedido. Gesticulaba mucho y cada vez que podía, repetía las pocas palabras que se sabía en español: pago por adelantado no bañarse diario gas muy caro, y por si las dudas, no fuera a ser que habláramos otro idioma, agregaba: tré sher very expensiv zeer toier.

De todos modos creí que iniciaríamos nuestra rutina tradicional para conocer la ciudad, pero no fue así. El Poncho se negó a salir. Se quedaba encerrado en el cuarto, acostado en la cama mirando el techo, ni siquiera veía la televisión.

¿Qué le pasa mijo, por qué ese mal ánimo? le preguntaba con preocupación.

Pero nada, su silencio era total.

Así pasaron varias semanas, yo insistiendo en que hablara que se levantara que comiera, él callado sin moverse y apenas probando bocado.

Hasta que me desesperé y me salí. Necesitaba aire fresco, caminar.

Primero di vueltas por los alrededores de la pensión, después me aventuré más lejos hasta el río, que lo mismo que en Londres era el centro de la ciudad y se veía que lo cuidan mucho, y por fin me subí a los camiones y me bajé al metro para ampliar el radio de movimiento.

Pero me sentía muy extraña sin mi muchacho. Era como si ya hubiera vivido esto: siempre un río siempre camiones siempre avenidas anchas y calles angostas siempre iglesias mezquitas y sinagogas siempre personas apuradas para cumplir con sus quehaceres y ocupaciones personas paseando tranquilamente por los puentes y parques mamás correteando a sus niños turistas con cara de agotamiento vendedores ofreciendo sus productos o servicios.

Un día llegué a un pequeño cementerio silencioso y bien cuidado, desde el cual se veían el Sena y la Torre Eiffel. Me gustó y pasé allí varias tardes, caminando por sus rincones, escuchando los ruidos a lo lejos y cantando lo que acostumbraba tararear nuestra madre: I love Paris in the summer/ every moment of the year.

Otro día llegué a la catedral. Es un edificio imponente que inspira respeto. Crucé por la puerta de en medio, una de sus tres entradas, todas con arcos puntiagudos, que tiene un gran rosetón encima, y caminé por su nave central cuyos vitrales dejan pasar una luz suave pero intensa. Por todas partes se veían altares cuadros esculturas. Al final del pasillo llegué frente a una que me rompió el corazón: la de la virgen con su hijo muerto sobre su regazo. Pobre madre pensé, y me acordé del rezo de mi infancia: creo en Dios todopoderoso y en Jesucristo su único hijo.

Mientras esperaba que empezara la misa, observé que había personas rezando y me dio por filosofar como decía la abuela. Pobre Dios pensé, ¿a quién le hace caso cuando le piden cosas tan diferentes? ¿A las víctimas para ayudarlas o a los victimarios para ayudarlos? ¿A los buenos o a los malos? ¿Y cómo decide quiénes son quiénes?

En eso estaba cuando empezó a sonar el órgano. ¡Qué cosa tan terrible! La música era muy violenta, un mazacote de sonidos confusos y tan fuertes que ensordecían. Quise huir de esa tortura y buscar la salida, pero una procesión de personas vestidas de blanco, cantando y llevando en sus manos cruces y velas, me lo impidió. En mi desesperación, vi una puerta abierta y me escabullí por allí.

Lo que encontré fueron escaleras que subí lo más rápido que pude, con gran agitación porque eran muchas y estaban muy empinadas. Cuando por fin llegué arriba, era una azotea desde donde se veía la ciudad en todo su esplendor. Fue un momento único en ese atardecer que iluminaba con gran belleza los edificios. Y yo, una mujer común y corriente, parada junto a esas dos torres el campanario y una aguja altísima que parecía querer llegar al cielo, otra vez me emocioné por tanta bendición que me fue concedida. Entonces le recité a Dios las mismas palabras que le recitaba a la Virgen Morena cada vez que le quería ofrecer mi corazón emocionado: Y este canto / es mi canto para ti. / Te vengo a agradecer / por todo lo que has hecho por mí.

En cuanto anocheció, regresé a las escaleras. Pero cuando llegué a la puerta, me encontré que en esa parte de la azotea había andamios y herramientas, entre ellas un soplete. No sé por qué, pero lo tomé y no sé qué apreté, pero salió una llamarada. Asustada lo solté y las maderas se prendieron inmediatamente. Un montón de abejas apareció de no sé dónde haciendo un fuerte zumbido. Entonces me bajé lo más rápido que pude, con gran agitación porque eran muchas y estaban muy empinadas.

Cuando salí a la plaza, se veía una humareda negra brotando del techo. Las personas que pasaban por allí se dieron cuenta y se pusieron como locas a llorar y a rezar.

Al regresar a la pensión, el mesié casero estaba sentado frente al televisor balbuceando ce pa posibl, ques quis pas. Vené madam, me llamó, feu an notre dam de pari, le coer de la france.

Me senté juntó a él y miré. La aguja había colapsado, los bomberos luchaban por salvar las obras de arte del interior, y el presidente anunciaba que había reunido millones de euros para proceder a la restauración.

La tarde siguiente, el mesié casero nos avisó, con señas y gestos de disgusto, balbuceando ce pa posibl, ques quis pas, que había unas personas que querían ver a Poncho.

Nos sorprendimos porque nadie sabía quiénes éramos ni qué hacíamos allí, pero bajamos al salón y nos sentamos frente a dos que se presentaron como policías y que solamente hablaron con él, ignorándome por completo a mí.

Estamos interrogando a jóvenes extranjeros que llegaron recientemente dijo uno de ellos en perfecto español. Los hemos seleccionado al azar, con un algoritmo en la computadora, a partir de los datos que nos entregan los hoteles pensiones y alojamientos de la ciudad.

Nos quedamos callados. ¿Qué podíamos decir?

¿Se fanatizó usted en solitario? preguntó el policía.

No soy fanático de nada contestó el muchacho.

¿Los ataques le dan un sentido a su vida?

Mi vida ya tiene un sentido.

¿Descubrió usted la verdad?

No entiendo la pregunta.

Y así siguieron durante una buena hora y después se fueron.

Una semana después, el mesié casero nos enseñó, con señas y gestos de gusto, balbuceando me vualá, quel merveill, una revista que tenía en la portada la fotografía que le habían tomado al Poncho y en las páginas interiores su entrevista y otras entrevistas hechas con las mismas preguntas a otros jóvenes.

¿Quiénes eran los que habían venido? ¿Y por qué con mi hijo?

No lo sabía yo. Pero decidí indagar.

¿Tu sabes algo? le pregunté.

No sé nada me contestó.

¿De veras no sabes?

De veras no sé.

Y de verdad no sabía, porque me di cuenta de que estaba tan asustado como yo. Fue entonces cuando empezó con que ya me quiero ir y ya me quiero regresar a México.

32

Dime la verdad: ¿Por qué quieres regresar? le pregunté.
Quiero estar con mis amigos me contestó.
Dime la verdad: ¿Por qué quieres regresar?
Quiero estar con las muchachas.
Dime la verdad: ¿Por qué quieres regresar?
Quiero un celular y una tableta y una computadora y una televisión con pantalla gigante y una guitarra eléctrica para practicar lo que aprendí en Londres.
Dime la verdad: ¿Por qué quieres regresar?
Quiero una pistola y un cuerno de chivo y una troca blindada como la de mi jefe, de ésas en las que se puede disparar desde adentro pero si a uno le disparan no pasa nada.
Dime la verdad: ¿Por qué quieres regresar?
Quiero dinero, mucho dinero. Ya le dije una vez que la riqueza nunca es suficiente.
Dime la verdad: ¿Por qué quieres regresar?
Quiero estar en mi tierra quiero comer mi comida quiero oír mi idioma, no me hallo con eso de que nadie me entienda a mí y yo no le entienda a nadie, no me hallo con los nombres de los lugares, quiero oír los de Tancítaro

Pungarabato Huétamo Tzintzuntzan Zinapécuaro Pátzcuaro a donde se fue nuestra cocinera para poner su fonda porque decía que en Apatzingán no se podía trabajar por tanta extorsión, Periván de donde era la familia del abuelo, allí íbamos a pasar las navidades cuando yo era niño y me dejaban subirme a un tractor.

Dime la verdad: ¿Por qué quieres regresar?

Quiero ver a mi jefe oír a mi jefe que él me mande y hacer los servicios que él me pida y pelear con los que lo molestan a él con los que le hacen la guerra a él.

Dime la verdad: ¿Por qué quieres regresar?

Porque acá no soy nadie, acá no existo. Allá en cambio me conocen.

Dime la verdad: ¿Por qué quieres regresar?

Porque acá no le hallo gusto a matar. Me da igual si son cinco o cinco mil muertos, no les veo su cara no les veo su miedo no les veo su sangre. Allá en cambio sí. Las muchachas a las que me llevo los dueños de negocios a los que les cobro y hasta los policías a los que amenazo me ponen sus ojos suplicantes.

Dime la verdad: ¿Por qué quieres regresar?

Porque allá están pasando muchas cosas. En Uruapan en Tepalcatepec en Aquila en Coalcomán en mismo Apatzingán. Y yo quiero estar allí, quiero entrarle, no quiero quedarme afuera.

33

Dígame también usted la verdad: ¿Por qué no quiere regresar? me preguntó.

Porque me vas a abandonar le contesté. Tu abuela te va a llevar tus amigos te van a llevar las muchachas te van a llevar tu jefe te va a llevar.

Dígame la verdad: ¿Por qué no quiere regresar?

Porque vas a tener dinero y ya no me vas a necesitar y vas a tener un teléfono celular para comunicarte con personas que no sé quiénes son y vas a tener una televisión y no sé qué programas verás y vas a tener una troca y no sé a dónde vas a ir y vas a tener una pistola y no voy a saber a quién le disparas.

Dígame la verdad: ¿Por qué no quiere regresar?

Porque allá les gusta mucho la sangre y a mí eso no me pasa. Aquí cuando ponen a los muertos en la televisión están limpios, acostaditos en el piso, tapados. Allá vemos a los colgados a los desmembrados a las violadas.

Dígame la verdad: ¿Por qué no quiere regresar?

Porque ya me gustó esta vida de andar viajando todo el tiempo y conocer lugares y probar comidas y vivir en pensiones. No quiero tener que limpiar y cocinar y cuidar y sólo salir para caminar alrededor de la casa.

Dígame la verdad: ¿Por qué no quiere regresar?

Porque me da miedo que te detengan que te torturen que te desaparezcan que te maten. Ya sé que tú dices que eso no es posible, que los jueces y los policías trabajan para ustedes, que ustedes son más que ellos y tienen mejores armas, pero igual me da miedo.

Ay madre, usted es muy preocupona. Pero mire: si la de malas y me matan, usted se va a encargar de decidir si fue homicidio doloso homicidio imprudencial homicidio culposo homicidio calificado, pues a mí ya me va a dar igual porque ya voy a estar muerto, pero a los del gobierno no les da lo mismo y uno exige trámites más engorrosos que otros. Y si la de malas y me matan, usted se va a encargar de que me vistan y me peinen y me arreglen y me emperifollen, pues a mí eso sí me importa aunque ya esté muerto, y eso lo saben hacer muy bien en las funerarias de Apatzingán. Y si la de malas y me matan, usted se va a encargar de mandar a construir una tumba grande y lujosa con aire acondicionado y teléfono, pues a mí eso también me importa aunque ya esté muerto, y eso también lo saben hacer muy bien en las funerarias de Apatzingán.

¿A qué horas tú que siempre eres tan callado decidiste echar tanto discurso? le pregunté. ¿Será porque te sientes estrella de cine por salir en la portada de una revista?

Pero el siguió como si nada: Y si la de malas y me matan, usted me va a llorar mucho porque me quiere mucho ¿verdad jefecita?

34

Madre, quiero contarle una cosa me dijo una mañana apenas despertamos, poniendo mi corazón a latir a toda velocidad.

Quiero contarle que en todas partes a donde fuimos yo iba a los cafés internet. Leí periódicos, vi fotos y videos. Quería saber de mi tierra y supe.

¿Qué supiste?

Supe cómo están las cosas y supe que las cosas están iguales, que no han cambiado.

¿Qué es lo que no ha cambiado?

Mi abuelo era un cacique que siempre quería más tierras y más ganado. Y por eso peleaba contra los ejidos campesinos y contra las comunidades indias. Para él no contaba lo que dijera la ley ni lo que dijeran en Morelia ni lo que dijeran en la capital del país. Él hacía las cosas a su modo y punto. Sembraba amapola, cargaba cuchillos y rifles, tenía guardaespaldas y pistoleros y no se ponía la mano en el corazón para amenazar, para llevarse a los muchachos que necesitaba para que le hicieran el trabajo y a las muchachas que le gustaban para que le hicieran compañía, y cuando lo consideraba necesario, tampoco para matar. Y la gente sabía que así eran las cosas y nadie se metía a quererlas cambiar.

Mi jefe es un cacique que siempre quiere más poder. Y por eso pelea contra los otros que quieren lo mismo. Para él no cuenta lo que dice la ley ni lo que dicen en Morelia ni lo que dicen en la capital del país. Él hace las cosas a su modo y punto. Cobra por las siembras, pone sus fábricas, carga armas, tiene guardaespaldas y pistoleros y no se pone la mano en el corazón para amenazar, para llevarse a los muchachos que necesita para que le hagan el trabajo y a las muchachas que le gustan para que le hagan compañía, y cuando lo considera necesario, tampoco para matar. Y la gente sabe que así son las cosas, pero hay otros que han decidido que se pueden meter a quererlas cambiar. Y esto no puede ser. Queremos que nos dejen ser lo que somos.

¿Y qué es lo que son?

Somos los que vamos por la cuota del aguacate del limón del mineral, por las pastillas las ampolletas y el derecho de piso, por los bosques y las maderas preciosas y el agua que es hoy lo más importante, la verdadera bendición de Dios. Y también por las propiedades de los que tienen propiedades y por los hijos y las hijas de los que tienen hijos y hijas.

¿Y no lo podrían hacer sin violencia?

La violencia pasa porque las personas no quieren cooperar y entonces hay que enseñarles quién manda.

¿En qué quieres que cooperen?

Tienen que entender que no pueden hacer nada sin nosotros: ni negocios ni compras ni ventas ni acuerdos ni mandar a sus hijos fuera de la ciudad ni casar a sus hijas. Las familias las autoridades la iglesia los policías y soldados los ricos y pobres los hombres y mujeres los viejos y jóvenes hasta los niños y los perros lo deben saber. Las cosas se tienen que hacer como y cuando nosotros decimos: desde quién es el presidente municipal o el secretario de seguridad pública hasta dónde se construye una carretera o una clínica, desde qué precio se paga por un terreno hasta cuál terreno se puede comprar.

¿Y si no lo hacen?

Pues se atienen a las consecuencias. Había uno que andaba en las guardias comunitarias, con todo y que se le advirtió que no lo hiciera. Entonces pues hubo que darle un escarmiento y se le quemó su casa. Había otro que no quería vender su finca, con todo y que se le advirtió que el jefe lo mandaba. Entonces pues se procedió contra uno de sus hijos. Pero si las personas hacen lo que tienen que hacer, no tienen de qué preocuparse. Como dicen las mantas que mi jefe manda poner en los puentes junto a los colgados: gente bonita, siga con su rutina.

Me quedé callada, ¿qué podía decir?

Madre, quiero contarle otra cosa me dijo esa misma noche antes de dormirnos, poniendo de nuevo mi corazón a latir a toda velocidad.

¿Se acuerda de aquella vez cuando le dio por interrogarme? Que si estuviste en la balacera que hubo hoy en la plaza que si tuviste algo que ver con la muchacha que desapareció que si andabas con los que quemaron el restorán del centro que si participaste en el asesinato del síndico. Y yo siempre le contestaba lo mismo: que usted eso no lo debe preguntar. Pero usted de necia seguía: Y qué pasa si lo pregunto. Y yo también de necio seguía: pues que con la pena, pero no le voy a contestar. ¿Se acuerda? dijo.

Me acuerdo, dije.

¿Y se acuerda de aquella vez cuando le dio por quererme cambiar de modo de ser? Que si para qué eres tan violento que si para qué tienes que matar que si no puedes robar sin lastimar. Y yo siempre le contestaba lo mismo: Por qué no. Pero usted de necia seguía: porque son seres humanos como tú y como yo. Y yo también de necio seguía: eso qué tiene que ver. Y usted: que tienen sentimientos, sienten dolores. ¿Se acuerda? dijo.

Me acuerdo dije.

¿Y se acuerda de aquella vez cuando le dio por sermonearme? Que si eso se puede volver en contra de ti y de los tuyos, que te torturen que violen a tus hermanas que te maten. Y yo siempre le contestaba lo mismo: Usted cómo sabe eso. Y usted de necia seguía: porque en esta vida el que la hace la paga, todo se devuelve, nadie tendrá compasión de ti ni de los tuyos si tú no la tienes de los demás. Y yo también de necio seguía: cómo sabe eso. Y usted: porque Dios nuestro señor te está mirando y eso no le gusta. Y yo: cómo sabe lo que le gusta a Dios. Y usted: no lo sé, pero sí sé que a mí no me gustó que me lastimaras. Y yo: para qué se anda acordando de eso. Y usted: porque no quiero que les hagas eso a los demás. Y yo: a usted qué le importa lo que les pase a los que ni siquiera conoce. Y usted: porque me imagino que es alguien que yo quiero. Y yo: ¡pues no se ande imaginando! ¿Se acuerda? dijo.

Me acuerdo dije.

Pues ahora sí estoy dispuesto a contestarle lo que quiere saber con tal de que ya regresemos a México.

Lo dicho: como te sientes estrella de cine por salir en la portada de una revista, te ha dado por hablar sin parar, pasaste de ser el más callado a hablar como descosido, lo que sin duda es la misma locura, la misma. Pero ¿por qué supones que a mí todavía me interesa?

Porque usted me quiere mucho y quiere saber todo de mí ¿verdad jefecita?

35

Estaba yo en el baño, a punto de meterme a la regadera, cuando escuché un golpe muy fuerte en la puerta de la habitación.

Me envolví rápidamente en la toalla y me asomé por una rendija. Vi que entraron dos muchachos y atrás de ellos el dueño de la pensión agitando los brazos y balbuceando me no, ce pa posibl, vualá. Me quedé quieta y callada, casi sin atreverme a respirar.

Ya te encontramos cabrón dijo uno de ellos ¿creíste que siempre te ibas a poder esconder?

No oí que el Poncho contestara nada. Fueron ellos los que siguieron hablando.

¿A poco ya no te acuerdas de nosotros? No te hagas, bien que nos conoces. Cuando vimos tu foto en la revista esa donde te entrevistaron, supimos que andabas por acá. Fue cosa de dar con el pendejo que te hizo las preguntas y con una calentadita nos soltó la información.

¿Qué quieren? preguntó mi muchacho.

Pues mira dijo uno de ellos, a nuestro jefe no le gusta tu padre, él quiere Apatzingán y tu padre no lo quiere soltar. Tuvimos que matarle al mayor de sus hijos, al Alfonso

Primero, su adoración, su heredero, y ni así entendió. Entonces te buscamos a ti, el Alfonso Décimo, el más chico y al que más cuida, al que siempre puso donde no corría peligro, al que sacó de la calle donde andaba de halcón, pero no para ponerlo a trabajar de a deveras sino para mandarlo a la presidencia municipal a las notarías a los bancos a la policía, quesque para averiguar quiénes son dueños de qué cuántas propiedades tiene cada quien cuánto dinero en el banco. Pero te nos escapaste cabrón, no pudimos dar contigo a pesar de que revolvimos tu casa y te buscamos por toda la Tierra Caliente.

Se hizo un silencio.

¿Qué quieren? volvió a preguntar mi muchacho.

Pues mira dijo el otro de ellos, nuestro jefe manda que trabajes acá para nosotros. Ha expandido el negocio, nos ha ordenado inundar Francia inundar España inundar Europa con las pastillas, y necesita gente acá.

Pero yo estoy por regresar a México dijo mi muchacho.

Los dos se rieron. Pues no va a ser así dijo el mismo. Nuestro jefe quiere que trabajes acá y acá vas a trabajar. ¿A poco crees que te mandas solo?

Y diciendo y haciendo, sacaron una caja de cartón que traían en una maleta y la pusieron sobre la cama. Son quinientas pastillas, tienes que venderlas. Éste es el primer encargo, conforme hagas contactos te entregaremos más. Te tocará una comisión para que tengas de qué vivir. Así va a ser la cosa. Y no te quieras pasar de listo, que te vamos a vigilar y siempre te vamos a encontrar. Ya te lo demostramos.

Se hizo otro silencio.

El momento fue difícil, pero los sujetos por fin se fueron cerrando con fuerza la puerta de la habitación.

Yo quedé en tal estado de nervios, que todavía me estuve un buen rato en el baño. Cuando por fin me calmé, me vestí y salí. El Poncho estaba echado en la cama y a sus pies la caja de cartón, cerrada con cinta adhesiva.

Dos días completos se quedaron así mi muchacho y la caja. Él sin moverse ni hablar y la caja allí, esperando.

Cuando por fin abrió la boca me dijo: madre, vaya usted y compre quinientas tarjetas blancas con sus quinientos sobres.

Obedecí sin chistar, pues definitivamente no era el momento de preguntar.

En cuanto se los entregué, se puso a apuntar algo en una por una de las tarjetas y a meterlas en uno por uno de los sobres junto con una por una de las pastillas. Luego otra vez se quedó dos días completos en la cama, sin moverse ni hablar y los sobres allí, esperando.

Cuando por fin abrió la boca me dijo: madre, vaya usted y compre boletos para irnos mañana mismo a Marruecos.

Otra vez obedecí sin chistar, pues definitivamente no era el momento de preguntar.

En cuanto se los entregué, me ordenó ponerme mi abrigo y llenar sus bolsas con los sobres, meter nuestros documentos y dinero en mi maleta de mano y seguirlo, lo que por supuesto, también obedecí sin chistar ni preguntar.

Nos fuimos caminando en silencio hasta un teatro en el que se anunciaba un concierto de un grupo de esos que le gustan a los jóvenes. Mientras él compraba las entradas, yo le regalé unas monedas a una gitana que pedía limosna. Me dio su bendición y dijo: ojalá Dios le dé más.

Apenas nos habíamos sentado, cuando empezó a sonar la guitarra eléctrica. ¡Qué cosa tan terrible! La música era muy violenta, un mazacote de sonidos confusos y tan fuertes que ensordecían. Quise huir de esa tortura y buscar la salida, pero Poncho me lo impidió. En el intermedio, me ordenó que lo ayudara a dejar un sobre en cada asiento, acomodándolos con mucho cuidado para que no se les saliera ni la tarjeta ni la pastilla.

En cuanto terminamos, salimos rápidamente del lugar y tomamos un taxi directo al aeropuerto para irnos lo más pronto y lo más lejos posible de París Francia.

36

Madre, quiero contarle una cosa me dijo apenas el avión despegó rumbo a Casablanca. Acabo de enterarme de que mi jefe es mi padre. Yo no lo sabía, pues doña Lore que Dios la tenga en su gloria, nunca me lo dijo. Tuvieron que ser los que me llevaron las pastillas quienes me lo hicieron saber. Ni siquiera tenía idea de que se llama Alfonso ni de que se apellida Reyes. Le llamábamos el jefe y eso era, el jefe.

Nunca entendí por qué yo me llamo Alfonso Décimo, pero en la escuela la maestra decía que era en honor a un rey de España que fue poeta, y como yo era el único de los alumnos que no hablaba con groserías, porque mi madre me lo prohibía, pues decía que seguro me lo pusieron por eso.

También acabo de enterarme de que tengo nueve hermanos que se llaman igual que mi padre, y por lo tanto igual que yo, cada uno con su número y ahora uno de ellos ya muerto, el mayor, a quien el jefe adoraba. Doña Lore que Dios la tenga en su gloria, nunca me lo dijo y tuvieron que ser los que me llevaron las pastillas quienes me lo hicieron saber. Pero ahora entiendo por qué me cuidaba, me daba regalos y me hacía encargos en los que no corriera yo riesgos.

Bueno mijo dije tratando de suavizar su dolor, pues ya está visto que eres el Rey de Reyes.

Yo creo que mi comentario no le gustó, porque no dijo nada más y guardó silencio durante todo el vuelo.

Madre, quiero contarle otra cosa me dijo apenas el otro avión despegó rumbo a Marrakesh. Acabo de acordarme de que tengo un hijo. Fue con una muchacha a la que llevé a casa de mi abuela y a la que preñé en contra de su voluntad. Y no sólo eso, sino que se lo quité cuando nació, para castigarla por rejega y porque no era cosa de que perdiera el tiempo cuidándolo en lugar de ocuparse de los quehaceres. Se lo regalé a la esposa de un policía que trabajaba para nosotros, ella ya tenía cinco escuincles, pero no le quedó más remedio que aceptar.

Al principio yo mandaba dinero para sus gastos, pero nunca lo fui a ver. Una vez el Botas, un amigo de aquellos tiempos, me enseñó a un niño que iba con la esposa del policía, tendría como un año, ése es tu hijo me dijo, se llama Alfonso como tú. Pero no me le acerqué y nunca supe más de él. Después dejé de mandar dinero y hasta lo olvidé.

Bueno mijo dije tratando de suavizar su dolor, pues ya está visto que el agua de los camotes se mide por los nombres. Ayer todos los niños michoacanos se llamaban Servando, hoy a todos les ponen Nazario o Nemesio y mañana serán otra vez Alfonsos, pero los tuyos, no los de tu jefe, pues tú ya estás formando tu propia dinastía, todos ellos Reyes de Reyes.

¿De qué habla madre? preguntó.

Pues que el tuyo ya no es sólo uno, sino dos los hijos de los que no te acuerdas contesté.

¿De qué habla madre? insistió.

Hablo de que a la otra muchacha también la preñaste. A estas horas el chamaquito o chamaquita ya debe andar corriendo por toda la casa de tu abuela Livia.

Estoy segura de que mi comentario no le gustó, porque no dijo nada más y guardó silencio durante todo el vuelo.

37

En Marrakesh no buscamos pensión, sino que nos alojamos en un hotel elegante y caro, junto a la plaza principal. Tenía jardines sembrados con palmeras, habitaciones amplias y soleadas y varios restoranes con platillos de alta cocina, aunque en ninguno servían cerdo ni alcohol, porque están prohibidos para los musulmanes, o como dicen ellos, no son halal sino haram.

Pero no me dio emoción alguna. ¿Qué hacíamos en esta ciudad, en este país que no nos significaba nada? No lo sé. Pero por alguna razón Poncho había decidido venir acá y acá estábamos.

En cuanto nos instalamos, bajamos a cenar, porque desde el desayuno no habíamos probado bocado. Y allí, frente a la mesa que nos asignaron, había una televisión encendida en la que vimos el noticiero y nos enteramos de que en la oficina central de correos de París, la que está cerca del museo, estaban recibiendo miles de cartas, desquiciando a los trabajadores que ya no hallaban dónde guardarlas, y en todas decía que el abajo firmante sí quería más pastillas como la que le habían regalado de muestra en el teatro tal el día del concierto tal. Pero nadie ni en esa oficina ni en la policía, tenía idea de lo que hablaban.

Me quedé mirando al Poncho.

¿Ya ve madre? dijo, sólo los ingenuos creen que esto se va a acabar. Lo de las drogas llegó para quedarse porque a mucha gente le interesa el negocio. Es algo muy simple, pero les gusta hacer como que es complicado.

La noche siguiente, de nuevo durante la cena en el restorán del hotel, sentados en la misma mesa frente a la misma televisión, vimos en el mismo noticiero que en el mismo teatro en donde habíamos dejado las pastillas, había sucedido una acción que dejó 137 muertos y más de 400 heridos.

Otra vez me quedé mirando al Poncho.

¿Ya ve madre? dijo, sólo los ingenuos creen que esto se va a acabar. Lo de los atentados llegó para quedarse porque a mucha gente le agrada la violencia. Es algo muy simple, pero les gusta hacer como que es complicado.

Apenas terminado el postre, Poncho me miró y habló, habló fuerte: mire madre, siempre dicen que el narco se va a acabar si agarran a los jefes. Pero cada vez que detienen o matan a uno, aparecen otros. Y esos jefes siempre encuentran muchachos que le quieren entrar, y cada vez que detienen o matan a uno, llegan otros veinte a ocupar su lugar. También siempre dicen que el terrorismo se va a acabar si agarran a los jefes. Pero cada vez que detienen o matan a uno, aparecen otros. Y esos jefes siempre encuentran muchachos que le quieren entrar, y cada vez que detienen o matan a uno, llegan otros veinte a ocupar su lugar. Como le digo, sólo los ingenuos creen que esto se va a acabar.

Me quedé callada, ¿qué podía decir?

Pero él siguió hablando: si no me cree, le voy a contar esto: cuando estábamos en Madrid, un día fui a una iglesia en la que hay un padrecito que es muy famoso porque lleva más de cincuenta años ocupándose de los muchachos que le entran a las drogas, para convencerlos de que no lo hagan. Y fui también a una mezquita en la que hay un ulema que también es muy famoso porque lleva más de veinte años ocupándose de los muchachos que le entran al terrorismo, para convencerlos de que no lo hagan. Pero como les dije a los dos: si pasan tantos años convenciéndolos y los muchachos lo siguen haciendo, eso quiere decir que ustedes han perdido esa guerra, que la han perdido completa e irremediablemente.

38

Poncho creyó que iniciaríamos nuestra rutina tradicional de conocer la ciudad, pero no fue así. Porque yo me negué a salir. Quise quedarme encerrada en el cuarto, acostada en la cama mirando el techo, ni siquiera veía la televisión.

¿Qué le pasa madre, por qué ese mal ánimo? me preguntaba con preocupación.

Pero nada, mi silencio era total.

Así pasaron varias semanas, él insistiendo en que hablara que me levantara que comiera, yo callada sin moverme y apenas probando bocado. Él insistiendo en que fuéramos de compras, pues nos habíamos salido de París con lo puesto, yo sin ganas de nada y sin importarme la ropa sucia y los dientes sin lavar.

Hasta que se desesperó y me amenazó: a ver madre, dígame qué le sucede o me largo de aquí y no me vuelve a ver.

Estoy deprimida. Y asustada. Y enojada. O todo eso junto contesté, más por miedo de que cumpliera su amenaza que por suponer que le interesaba.

¿Y eso a cuentos de qué?

De que no puedo dejar de pensar a lo que vamos a regresar.

¿De qué habla madre?

De que vamos a regresar a México y allí la violencia se ha convertido en crueldad, ya no sólo es robar o extorsionar sino que hay el deseo y la intención deliberada de dañar lo más posible, de lastimar lo más posible.

¿No exagera madre?

No exagero. Hoy ya no hay espacios sagrados ni personas intocables ni atrocidades inconcebibles. Hoy ya no sólo se roba a los que tienen recursos sino también a los más pobres ya no sólo se asaltan casas sino también camiones de pasajeros ya no sólo se extorsiona a comercios establecidos sino a puestos callejeros. Hoy ya no sólo se ataca al enemigo sino se le corta la cabeza ya no sólo se secuestra sino se tortura ya no sólo se viola sino se desuella.

¿No le parece que exagera madre?

No me parece. Hoy la empleada doméstica se roba al niño que ha cuidado desde que nació y ella misma le corta un dedo la amiga de la familia se lleva a la niña y la entrega a su asesino se acuchilla a una familia completa con todo y bebés porque el padre debe cien pesos se prende fuego a un casino lleno de personas porque el dueño no pagó la protección se meten a una fiesta a buscar a alguien y terminan acribillando a todos los presentes.

¿No le parece que exagera mucho madre?

No me parece que exagero nada. Hoy se obliga a las mujeres a recibir clientes sexuales durante quince horas al día y a los hombres a trabajar en las fábricas de pastillas durante veinte horas al día se avienta a una embarazada desde un vehículo en marcha se trafica con migrantes y menores de edad y los delincuentes se jactan de ello y hasta suben videos y fotos a las redes sociales para presumir sus hazañas.

Ay madre, con razón tiene usted ese mal ánimo, debería hacerle caso a mi jefe, él dice que mientras las desgracias no le sucedan a uno y a los que uno quiere, no nos deben importar, dice que lo que les pase a los demás no es nuestro problema, dice que cada quien se ocupe de sus asuntos y se rasque con sus uñas.

Pues tu jefe podrá decir lo que quiera pero yo estoy deprimida. Y asustada. Y enojada. O todo eso junto dije, más por miedo de que cumpliera su amenaza que por suponer que le interesaba.

Unos días después volvió a la carga:

¿Va a seguir sin levantarse ni salir? preguntó.

Voy a seguir contesté.

¿Por lo mismo?

Por lo mismo. Porque no puedo dejar de pensar a lo que vamos a regresar.

¿No exagera madre?

No exagero. Tengo miedo de que te pase algo malo. Y eso puede suceder por error por accidente por traición por enfrentamiento con las fuerzas de seguridad o con otras bandas de traficantes.

¿No le parece que exagera madre?

No me parece. Por poderoso que seas, eres vulnerable. Y perder a un hijo, eso sí que duele. Como decía una señora a la que entrevistaron en la televisión: ni un millón de palabras ni un millón de lágrimas ayudan a paliar el dolor.

¿No le parece que exagera mucho madre?

No me parece que exagero nada. Yo no quiero sufrir por ti, no quiero llorar por ti.

Y otra vez unos días después:

¿Va a seguir sin levantarse ni salir? preguntó.

Voy a seguir contesté.

¿Por lo mismo?

Por lo mismo. Porque no puedo dejar de pensar en lo que hicimos tú y yo.

¿No exagera madre?

No exagero. Nuestras acciones durante todos estos años no son perdonables.

¿No le parece que exagera madre?

No me parece. Pienso en el niño de Boston ese que estaba allí paradito esperando a su papá pero murió por la explosión en los que paseaban tranquilos en el puente de Londres pero murieron atropellados en el filipino que iba a su trabajo de mesero en un restorán de Madrid y que estaba ahorrando para comprarle una casa a su abuela pero murió hecho pedazos. Esas personas tenían una vida, tenían proyectos y sueños y nosotros truncamos todo. ¿Y para qué? Ni siquiera había una causa una razón un motivo una motivación.

¿No le parece que exagera mucho madre?

No me parece que exagero nada. Estoy segura de que todo esto lo tendremos que pagar. Ahorita puede parecer que la vida sigue como si nada, que nos despertamos en nuestras camas en las mañanas desayunamos hacemos lo que tenemos ganas de hacer comemos vemos la televisión nos dormimos y mañana se repite la historia. Como si todo fuera normal, como si fuéramos gente decente. Pero no es así.

Y de nuevo unos días después.

¿Va a seguir sin levantarse ni salir? preguntó.

Voy a seguir contesté.

¿Por lo mismo?

Por lo mismo. Porque no puedo dejar de pensar en lo que hice yo.

¿No exagera madre?

No exagero. Mis acciones durante todos estos años no son perdonables.

¿No le parece que exagera madre?

No me parece. Yo que desde niña le huía a la violencia, que cuando veía una flor arrancada o un perro maltratado que cuando se murió el pajarito que la nana tenía en una jaula que cuando mi mamá regañaba a mi hermana, lloraba toda la tarde, hoy tengo sobre mi conciencia un montón de cadáveres, sueño con sangre embarrada en las paredes con brazos arrancados de los cuerpos con madres que gritan.

¿No le parece que exagera mucho madre?

No me parece que exagero nada. Estoy segura de que todo esto lo tendré que pagar. Pienso en el niño al que me robé en la estación de trenes de Madrid y abandoné en la calle en los viejos que tomaban el sol en una banca de un parque de Tokio a los que les hice respirar un gas que los asfixió en la anciana herida en el templo en Estambul. Esas personas tenían una vida, tenían proyectos y sueños y nosotros truncamos todo. ¿Y para qué? Ni siquiera había una causa una razón un motivo una motivación.

¿Y entonces madre?

Pues entonces acuérdate de lo que tantas veces te dije, cuando te hablé de Dios y te reíste, cuando te hablé de que esto lo tendríamos que pagar y te burlaste y dijiste que si la de malas y te mataban, que te vistiera muy elegante, que te encargara una tumba muy grande y que llorara mucho por ti.

Pues sí, eso me parece bien, lo merezco dijo con sorna, porque como decía una nana que tuve, los muertos ya se fueron para toda la vida.

Pero también, dije con ira, como decía un maestro que yo tuve, a muerte seca, pérdida a secas.

¿Entonces no me va a llorar? preguntó.

Ya veremos contesté, ya veremos.

39

Una mañana Poncho me miró fijamente a los ojos y habló, habló fuerte: mire madre dijo, la oigo a usted y parecería como si ya nadie fuera a las escuelas trabajos gimnasios restoranes iglesias parques centros comerciales mercados palenques cines, como si ya nadie comiera helados ni jugara futbol, ya nadie hiciera bodas bautizos quince años o saliera de vacaciones. Parecería como si México fueran puros muertos. Que los hay, pues sí, los hay, pero los muertos se entierran y los vivos siguen. Usted está haciendo mucha exageración ¡qué son diez policías o veinte cristianos fallecidos o desaparecidos habiendo tantos millones de mexicanos!

Y siguió hablando: la oigo a usted y parecería como si la violencia fuera sólo por culpa de los terroristas o de los narcos, pero ¿a poco no hay otros violentos? ¿A poco los políticos y los burócratas y los empresarios y los curas y los policías y los soldados son unos santos? ¿A poco no existen ladrones secuestradores asesinos? ¿Y padres de familia esposos hermanos hijos que son peores que los peores malvados?

¿Y tú cómo sabes eso? pregunté.

Lo dicen en la televisión contestó.

Esa misma noche de nuevo me miró fijamente a los ojos y habló, habló fuerte: mire madre dijo, dese cuenta que aquí estamos usted y yo, enteritos, sanos y salvos y en vez de apreciarlo, nomás se amarga. Dese cuenta de que nadie nos ha detenido ni nos va a detener porque lo que buscan es gente con un cierto perfil, como si fuera imposible que otras personas pudieran tener que ver con el narco y con el terrorismo. Nadie puede imaginar que una madre y su hijo, que no pertenecen a ningún grupo que no tienen ningún entrenamiento que no son fanáticos de ninguna religión andarían en esto. ¡Rompemos todos sus esquemas!

¿Y tú cómo sabes eso? pregunté.

Lo dicen en la televisión contestó.

¿Y ellos como lo saben?

Porque lo estudian.

¿Y tú por qué no estudias?

Claro que estudié. Mi madre le pidió a mi jefe que me obligara y pues me tuve que soplar la primaria y la secundaria, con sus clases de historia de literatura de matemáticas de español. De memoria me tuve que aprender a los héroes que nos dieron patria a los escritores que nos dieron libros las tablas de multiplicar y las palabras del diccionario, porque mi madre que Dios la tenga en su gloria, lo único que no perdonaba es que se hablara mal, en esta casa hablamos correctamente, sin violencia ni malas palabras me decía.

¿A poco no es mejor hablar así que hablar feo?

No lo sé, pero así me educaron. Nomás no puedo decir groserías, mis amigos hasta se burlaban de mí.

¿A poco no es mejor estudiar que andar de violento?

No lo sé, pero es muy aburrido. Usted no sabe cuánto le rogué a mi jefe que me dejara participar, le pedí que me pusiera a prueba, que me encargara lo que quisiera, que estaba dispuesto a todo: asaltar un cuartel una cárcel una oficina de gobierno, matar a quien fuera: un funcionario un sicario un policía. Pero nunca me lo permitió. Decía que las nuevas generaciones debían estudiar, ir a las universidades privadas en Estados Unidos para aprender a manejar el negocio. Decía que quería para mí un futuro como ingeniero abogado contador.

¿A poco no es mejor tener un trabajo como Dios manda?

No lo sé, ni idea tengo de lo que Dios manda y además no creo que Dios se ande fijando en nosotros.

Para Dios cada uno es importante.

¿Y usted cómo sabe eso? preguntó.

Lo dicen los curas, que son los que conocen los designios del Señor contesté.

Mire madre, todo eso es puro cuento que usan para asustar a los que se dejan.

Pues sea como sea, conmigo lo lograron. Sé que esto lo tendremos que pagar.

Bueno pues ya Dios dirá si nos lo cobra y cómo. Mientras tanto, ¡anímese!

No puedo. Me imagino lo que va a ser y me da mucho miedo.

¡Pues ya le he dicho muchas veces que no se ande imaginando cosas!

40

Un día el Poncho empezó a salir. Supuse que ya le habían colmado el plato mis lamentos y mis reclamos, que necesitaba aire fresco, caminar.

Al principio regresaba pronto y me contaba: fui por la ciudad vieja que está del otro lado de la plaza. Hay montones de gente y el olor es insoportable por el agua sucia de los baños públicos que corre por las canaletas a orillas de las callejuelas y por las cabezas de camello que cuelgan en los puestos. ¿Puede creer que se comen esos animales? Pero estamos en Marruecos y todo aquí es enloquecedor y uno se enreda y se pierde.

Me contaba: fui por la gran plaza que está junto al hotel. Hay vendedores aguadores equilibristas carritos de comida que sacan mucho humo turistas que se sientan en los cafés y restoranes a descansar y conversar. Se llama Jemaá el fna. ¿Puede creer que ése es su nombre? Pero estamos en África, éste es el lugar al que llegamos usted y yo, tan desconocido y lejano, tan diferente y ajeno.

Pero yo no le hacía caso, metida como estaba en lo mío, en mis miedos y dudas.

Tú me vas a cuidar ¿verdad mijo? no me vas a abandonar ¿verdad mijo? no me vas a traicionar ¿verdad mijo? le preguntaba.

Claro que la voy a cuidar claro que no la voy a abandonar ni la voy a traicionar me contestaba.

Y me miraba como si sintiera una gran ternura por esta mujer tan desvalida. Hasta me comenzó a limpiar con un trapito, humedecido con agua y jabón, pasándomelo muy suavemente. Me tuvo que quitar el suéter y los zapatos porque me había acostado vestida de pies a cabeza. Y yo me dejé, y una vez hasta me acurruqué en él y le dije hijo.

Pero también eso lo hartó. Así que cada vez se iba por más tiempo, cada vez tardaba más afuera y regresaba muy tarde en la noche o ya de madrugada.

¿Va a seguir sin levantarse ni salir? me preguntó un día cuando ya amanecía y se dio cuenta de que estaba despierta.

Entonces prendió la luz de la habitación y mirándome fijamente a los ojos, habló y habló fuerte: mire madre dijo, nosotros tomamos este camino porque como quien dice, se nos puso enfrente. Nadie nos lo pidió ni nadie nos obligó. No lo hicimos por aburrimiento, no lo hicimos por dinero, no lo hicimos por una religión o por una causa. Lo hicimos porque donde anduvimos así son las cosas y no quisimos solamente mirar sino participar.

Pues sí, nos volvimos malos y yo no quería serlo dije.

Mire madre, ya déjese de tonterías dijo. En este mundo no están de un lado los malos y de otro lado los buenos. Todos estamos revueltos y a todos nos toca la oportunidad de ser de uno o de otro y cada quien le entra a veces decidiendo a veces obedeciendo a veces porque no le queda remedio y a veces porque simplemente lo hace.

¿Y no te arrepientes? dije

Mire madre, ya déjese de tonterías repitió. Yo sigo queriendo estar en esto. Pero quiero ser jefe, de los que mandan y a los que todos obedecen, como uno allá en mi
tierra al que nombran Migueles y al que todos respetan. Él
sabe a quién hay que darle dinero qué cosas no se deben
hacer de quién hay que ser amigo cuándo hay que aliarse
y cuándo hay que pelearse. Eso quiero yo.

¿Qué va a pasar si todos quieren eso?

Pues sí, todos lo quieren aunque no todos lo pueden.
Pero cómo no lo van a querer, dese cuenta madre, eso es
mucho mejor que ir a la escuela a aprender tanta cosa in-
útil o que trabajar atado a una máquina a un escritorio a
un volante a un mostrador, para luego del turno tener que
esperar horas el camión y llegar a una casa en la que apenas si cabes falta agua la esposa y los niños gritan y chi-
llan se oye el ruido de los vecinos y se huele lo que están
cocinando.

¿Qué va a pasar si a nadie le gusta eso?

Pues sí, a muchos no les gusta pero se tienen que aguantar. Pero cómo les va a gustar, dese cuenta madre, eso es
mucho mejor que ser sirvientas en las casas guaruras de los
jefes esclavos y esclavas en las fábricas y burdeles.

¿A qué horas pensaste esas cosas?

Desde hace rato las vengo pensando, desde que llegamos acá y descubrí lo que quiero ser y hacer en mi vida.

¿Y qué quieres decir con eso?

No quiero decir nada.

Pero sí quería. Porque fue entonces cuando empezó con
que ya no me quiero ir, ya no quiero regresar a México.

41

Dime la verdad: ¿Por qué ya no quieres regresar? pregunté.

Porque ya no me gusta esta vida de andar viajando todo el tiempo probando comidas extrañas viviendo en pensiones, ya me quiero quedar en un lugar tener mi casa amigos sitios conocidos que me signifiquen algo: el antro la tienda el billar.

Dime la verdad: ¿Por qué no quieres regresar?

Porque ya no le hallo gusto a ver los ojos suplicantes de las muchachas a las que me llevo de los dueños de negocios a los que les cobro de los policías a los que ataco.

Dime la verdad: ¿Por qué no quieres regresar?

Porque prefiero matar de una sola vez a cinco o cinco mil pero sin ver su cara su miedo su sangre.

Dime la verdad: ¿Por qué no quieres regresar?

Porque me van a castigar por haberme largado, a lo mejor me mandan a Guanajuato o a Querétaro, que es donde ellos andan ahora, y yo qué hago allá, no conozco a nadie, si ni en Morelia puedo hallarme.

Dime la verdad: ¿Por qué no quieres regresar?

Porque el pleito ya no es con la policía o los soldados, es con los otros grupos. Y eso sí se pone muy feo.

Dime la verdad: ¿Por qué no quieres regresar?

Porque mi jefe ya no tiene poder, ni siquiera estoy seguro de si está vivo. Ahora dicen que ya hay otros jefes, que una nueva familia michoacana que un cártel en Tepalcatepec que uno que manda en Aguililla, al que nombran el Tucán. Ahora cualquiera forma un grupo aunque sea con tres pelados. Ellos son los que mandan y no creo que ésos me quieran cuidar.

¿Pero no dice el gobierno que lo va a componer?

Nadie quiere componer nada. A todos les conviene el negocio, aunque luego salgan en la tele a decir que lo van a combatir.

¿A lo mejor no ven lo que pasa?

No ven porque no quieren ver. En Uruapan, debajo del puente donde colgaron a unos, le preguntaron al que vendía elotes si recordaba que antes hubiera pasado algo así y respondió: Yo no me acuerdo de nada. Lo que era era y lo que es es. Y le preguntaron al que vendía hamburguesas si vio algo y contestó: Yo no veo nada. Yo me enfoco en mis cosas y que ruede el mundo.

¿A lo mejor basta con que te retires de eso y seas alguien de bien?

Claro que sí. Ya no me voy a enojar, ya no voy a querer que las cosas sean a mi modo, ya me voy a dejar pisotear y humillar por cualquiera.

¿No puedes regresar y ser alguien de bien?

Claro que sí. Voy a ir a la casa de la cultura y voy a sentarme quietecito a escuchar a los que dicen que la paz se consigue leyendo y a los que recitan versos sobre la armonía entre los humanos.

¿No puedes o no quieres?

Entonces se volteó y mirándome fijamente a los ojos habló y habló fuerte: no estoy bromeando madre. Nada más le estoy diciendo lo que usted y el gobierno y la iglesia y la televisión quieren oír. Ustedes quieren creer que todos queremos la paz y eso no es cierto. Nosotros estamos bien así. Ustedes quieren creer que todos podemos y debemos conformarnos con lo que tenemos y eso no es cierto. Nosotros queremos más y ¿por qué no? Tenemos tanto derecho a eso como los ricos. ¿Sí me entiende madre? preguntó.

No, no te entiendo contesté.

Mire usted madre: eso del estudio y el trabajo suena muy bonito, pero a mí el jefe me daba veinte mil pesos mensuales para comprar ropa, joyitas y pasear con mis morras en Apatzingán. ¿Quién más me ofrece eso?

¿Entonces según tú, mientras las personas se beneficien y sus familias se beneficien de que sus hijos sean delincuentes, los van a apoyar y hasta les van a dar la bendición?

Eso es cierto, pero no nada más. Las familias también tienen que apoyar porque no les preguntan, porque no les queda remedio.

¿Entonces según tú, mientras la autoridad viva con miedo de los criminales y no los criminales con miedo de la autoridad, así seguirán siendo las cosas?

Eso es cierto, pero no nada más. Las autoridades también tienen que apoyar porque no les preguntan, porque no les queda remedio.

¿Y entonces?

Pues que no voy a regresar, madre.

¿Y qué vas a hacer acá?

Lo mismo que hemos venido haciendo usted y yo, pero con los amigos de aquí. Ellos ya han hecho muchas acciones, la última aquí mero, en la plaza grande, en un café lleno de turistas.

¿Y por qué crees que ellos te quieren?

Porque les conté lo que hicimos.

¿Y a poco te creyeron?

No tengo forma de demostrarlo, porque siempre otros se lo atribuyeron. Pero ya les pedí que me pongan a prueba, que me encarguen lo que quieran, que estoy dispuesto a todo: una acción en una iglesia en una escuela en un mercado en un hotel, matar a quien sea: un político un extranjero un policía.

Lo dicho: tú que eras tan callado, ¿a qué horas decidiste echar tanto discurso? le pregunté.

Ya le dije: desde que llegamos acá y descubrí lo que quiero ser y hacer en mi vida me contestó.

¿Y entonces?

Pues que no voy a regresar.

¿Es una decisión tomada?

No vamos a regresar. De eso no me cabe ninguna duda.

42

Dígame la verdad: ¿Por qué usted sí quiere regresar? preguntó.

Porque como dicen en la televisión, Michoacán es una joya en el corazón de México, un estado bello y rico en su naturaleza y en sus tesoros artísticos y culturales, con una población orgullosa y hospitalaria. Y como dicen en el radio, Apatzingán es un paraíso de ensueño, una tierra fértil que produce las frutas más deliciosas, un lugar de cultura, tradiciones y costumbres contesté.

¿De qué habla madre?

Pues que como dice la canción, vámonos para Apatzingán y como dice el anuncio, ven y vívelo, que no te lo cuenten.

¿De qué demonios habla madre?

Pues que quiero conocer los bosques y pasear por las playas y aprender a bailar zapateado y a cantar pirecuas y coleccionar artesanías y comer uchepos y chavindecas como debe ser: con su crema y su salsa de aguacate.

¿De qué carambas habla usted madre?

Pues de que me quiero ir de promotora a la casa de la cultura con los que dicen que la paz se consigue leyendo, a recitar versos sobre la armonía entre los humanos, a tejer con las señoras cantar con los jóvenes dibujar con los niños.

Dígame la verdad: ¿Por qué sí quiere regresar?

Porque estoy segura de que ya no van a poder seguir prohibiendo las drogas y entonces se va a acabar la violencia, será un negocio más como cualquiera.

No diga tonterías madre.

Y estoy segura de que los gringos ya no les van a vender armas a los narcos.

Que no diga tonterías madre.

Y segura de que la policía ya no va a estar a su servicio.

Ya ni la burla perdona usted, a esos pobres no les dan ni su uniforme, no tienen ni para cartuchos, a veces ni armas traen o las que traen no sirven.

Y segura de que el ejército de verdad los va a combatir.

Le digo que ya ni la burla perdona usted, sólo hay que ver los ojos de miedo de los soldados, pobres guachos como dicen los indios de mi tierra, y encima siempre terminan ellos acusados que porque dispararon que porque le dieron al que no era que porque los derechos humanos.

El ejército sí los va a combatir, estoy segura.

En serio que ya ni la burla perdona usted, madre. Siempre los mandan cuando ya pasó todo. Llegan muy giritos a acordonar la zona y a levantar a los muertos y al rato se van.

Y segura de que el gobierno ya no los va a apoyar.

Tiene usted razón madre. Así será con los municipales y los federales con los soldados y sus comandantes con los gobernadores los secretarios de Estado y el presidente del país.

Claro que sí mijo, así será.

Pero por última vez y en serio dígame: ¿Por qué sí quiere regresar?

Porque ya no me gusta esta vida de andar viajando todo el tiempo probando comidas extrañas viviendo en pensiones, ya no me gusta no entenderles a los otros y que los otros no me entiendan a mí, ya me quiero quedar en un lugar tener mi casa amigos sitios conocidos que me signifiquen algo: la tortillería la frutería la miscelánea. Quiero comprar elotes calientes con mayonesa y chile piquín en un carrito que se para en la esquina y se llama my lindo apatsingan.

¿A usted no le da miedo que vaya yo a la cárcel?

Pues no, porque como dices siempre salen. O tus amigos asaltan la prisión como esa vez que se escaparon un montón, o tu jefe te pone un abogado de esos que te sacan por falta de pruebas porque no te hicieron el debido proceso o porque no respetaron tus derechos humanos.

¿Y no le da miedo que me maten?

Pues no, porque como dices ustedes tienen mejores armas: bazukas ametralladoras hasta fusiles Barret 50, de esos que perforan blindajes. ¡Si hasta tiraron un helicóptero militar con un lanzacohetes!

¿Deveras no le da miedo que me maten?

Pues no, porque como dices ustedes son más hábiles. Los soldados y los federales no se enteran de sus planes, en cambio ustedes sí saben los del ejército y la policía. Entonces nunca los agarran desprevenidos y en cambio a ellos sí los emboscan y ni se enteran por dónde les cayó el chahuistle.

Pero ¿y si me matan?

Ya lo han intentado. Una vez te fueron a buscar y te escapaste. Y eso que no teníamos todavía la casa tan protegida que me prometiste que me vas a construir, como la Fortaleza de don Nazario, con sirvientas y choferes y cuidadores armados para que nadie se meta con nosotros.

Pero ¿y si me matan?

Eso no va a pasar, no lo voy a permitir, te voy cuidar y el amor de una madre es lo más poderoso que existe.

Pero ¿y si me matan, madre?

Entonces voy a encargar que te vistan y te peinen y te arreglen y te emperifollen, y te voy a mandar a construir una tumba grande y lujosa con aire acondicionado y teléfono, y te voy a llorar mucho porque te quiero mucho.

Lo dicho: a usted le ha dado por decir puras tonterías.

Pues sí, desde que llegamos acá yo también descubrí lo que quiero ser y hacer en mi vida.

¿Y entonces?

Pues que voy a regresar

¿Es una decisión tomada?

Sí vamos a regresar. De eso no me cabe ninguna duda.

43

Fuera del Poncho, el único ser humano al que vi durante esas semanas de encierro, fue a la recamarera. Era una mujer amable, que me pidió permiso para prender la televisión mientras cambiaba sábanas y toallas y pasaba el trapo.

Hay canales en español dijo, con un extraño acento que me sonó igual al árabe que había escuchado cuando llegamos al hotel.

¿Hablas español? le pregunté.

Sí lo hablo me contestó.

¿Cómo es eso?

Soy de Tetuán donde muchos lo hablan, porque estamos cerca de Ceuta que es una ciudad española, y mi madre es caballa, nacida allí.

Nos caímos bien la señora Fatema y yo. Así que me empezó a contar de su familia, a la que extrañaba mucho, pero necesitaba el dinero que ganaba trabajando aquí.

¿Y por qué no trabajas en algún hotel de allá?

No se gana igual que acá y no alcanza para mantener a todos.

¿Tú mantienes a toda la familia?

Mi marido se dedicaba al porteo y con eso nos arreglábamos, pero primero le dijeron que los hombres sólo podían pasar los martes y jueves, entonces mi suegra iba los lunes y miércoles mientras yo cuidaba a los niños y al abuelo. Luego pusieron horarios y entonces tenían que quedarse a dormir en la calle para alcanzar a entrar muy temprano cuando abrían, hasta que ella se enfermó por el frío de la madrugada y él se lastimó por jalar los pesados carritos con las cajas de almendras. Y por fin les dio por de plano prohibirlo, cada rato cierran el Tarajal y no dicen cuándo lo van a volver a abrir. Y pues nosotros somos pobres, no podemos estar sin trabajo.

¿Y el gobierno no les ayuda?

¿Qué dice usted?

Que si el rey no les ayuda.

Sayyida Livia no le entiendo. Nuestro rey Alah lo conserve muchos años, tiene que cuidar la fe, todo lo demás no es asunto suyo. Y de todos modos, se preocupa por nosotros, manda construir centrales para que tengamos agua y luz, como donde trabaja uno de mis hijos en el camino a las montañas y donde trabaja uno de los hijos de mi hermana en la entrada del desierto. Por eso lo llamamos el rey de los pobres y el rey de los jóvenes.

¿Y por qué decidiste venir a Marrakesh?

Yo hubiera preferido Tánger, está más cerca de mi casa y allí también hay muchos hoteles y mucho turismo, pero mi marido tiene parientes acá que le ofrecieron ayudarlo y entonces nos vinimos todos. Bueno, casi todos, porque mis dos hijos mayores ya están en España, gracias a Alah alcanzaron a saltar la valla cuando todavía era de pura reja y no esa que han puesto hoy. Así que nos vinimos con los dos menores y nuestra única mujer. Uno de ellos, ya le dije, se fue a la construcción de la central eléctrica, el otro estudia en la medresa, ya se sabe todas las suras, y mi muchacha trabaja aquí en el hotel igual que yo, a mí eso no me gusta, siempre le digo que no va a conseguir marido si sigue trabajando, pero no nos queda remedio, pues mi marido se tuvo que regresar a cuidar a sus padres, los dos están muy ancianos, él ya tiene los sesenta y cinco y ella ya va a cumplir los cincuenta y cinco.

Me quedé callada, ¿qué podía decir?

¿Y usted doña? ¿De qué está enferma? preguntó.

De tristeza contesté.

Se quedó callada, ¿qué podía decir?

Juntas veíamos la televisión, unos programas en los que les enseñaban a las mujeres a maquillarse y otros en los que seguían a las pateras llenas a reventar con los que se iban a Europa.

¿A ti te gustaría maquillarte? le pregunté.

Antes sí, ahora ya no me contestó.

¿Y te gustaría irte a España?

Antes sí, ahora ya no.

¿Y qué es lo que te gustaría ahora?

Estar tranquila en mi casa, antes eso no me gustaba pero ahora sí.

Un día Fatema no vino más. En su lugar apareció una muchacha muy joven que dijo ser su hija.

¿Tú también hablas español? le pregunté.

Sí lo hablo me contestó con el mismo extraño acento que sonaba igual al árabe, mi abuela se empeñó en que lo aprendiéramos.

¿Y dónde está tu madre?

Mi padre la llamó y se fue para Tetuán. En el hotel sólo

le daban permiso si yo me comprometía a hacer su trabajo además del mío.

Nos caímos bien la joven Zaina y yo. Así que me empezó a contar del rey que Alah lo conserve muchos años, a quien veneraba. Tiene doce palacios con más de mil sirvientes que todos los días le preparan la comida y la cena por si se le ocurre llegar sin avisar, seiscientos autos, varios aviones y yates que Alah le otorgue muchos más.

¿A ti también te gusta ver la televisión mientras haces la limpieza?

No madam muchas gracias.

Lo que le gustaba era platicar. Y como encontró quien la escuchara, pues no cerraba la boca. Mientras cambiaba sábanas y toallas y pasaba el trapo, me contaba de una profesora de Rabat, muy famosa ella, se llama igual que mi mamá, que venía a Marrakesh para entrevistar a mujeres, porque según dice, el Profeta pensaba que las mujeres eran lo mejor y había que hacérselo saber a los creyentes; del Ramadán cuando los días eran largos y pesados por el ayuno, pero las noches eran de fiesta y en su casa preparaban platillos deliciosos; de cómo quería casarse y tener hijos, pero no conseguía novio porque a ningún muchacho le gusta que trabaje; de su hermano menor al que adoraba y que estaba en la lucha.

¿Cuál lucha? le pregunté.

La de salvar al mundo de los infieles me contestó.

Me quedé callada, ¿qué podía decir?

Unos días después, llegó con un muchacho también muy joven que dijo ser el hermano. Éste que está usted viendo con sus propios ojos es Hamid que Alah lo proteja por siempre.

Salam aleikum dijo el muchacho.

Aleikum salam dijo Zaima, eso es lo que usted debe responder.

¿Tú también hablas español? le pregunté.

Sí lo hablo me contestó con el mismo acento árabe, mi abuela se empeñó en que lo aprendiéramos todos en la familia.

¿Y a qué te dedicas?

Estudio en la escuela coránica y estoy esperando mi turno para irme a entrenar y convertirme en soldado de Dios. ¿Ha oído hablar del sheikh Osama? Yo le sirvo a él. A mi madre no le gusta en lo que ando, le da miedo que me maten, pero yo le digo que es un honor que me permitan formar parte de ellos y morir por la fe.

Se quedó callado un momento y luego me miró fijamente a los ojos y habló, habló fuerte: le pedí a mi hermana que me trajera aquí para preguntarle a usted si puede donar dinero para pagar mi viaje y equiparme. Sólo así podría irme, pues cada quien tiene que conseguir sus fondos y mi familia no tiene para ayudarme.

Zaina lo escuchó orgullosa y luego ella también habló: Sayyida Livia, mi hermano está con los que piensan que nada de negociaciones ni de conferencias ni de diálogos, sólo jihad y rifle.

Entonces ¿qué dice? insistió el muchacho. Si quiere le enseño el video donde el gran Ayman explica todo muy bien ¿lo quiere ver? Para que entienda nuestra lucha que es por Dios por los fieles por recuperar Al Quds de los sionistas Inshalah por sacar a los americanos de nuestras tierras Inshalah por ayudar a nuestros hermanos palestinos Inshalah.

Pero yo me quedé callada, ¿qué podía decir?

44

Nunca me platicaste nada de ti le dije al Poncho cuando me sentí mejor y lo acompañé a desayunar al restorán del hotel.

¿Qué quiere que le cuente?

De tus amigos de tus novias de tu vida antes de conocernos.

Mire madre, todo eso es tiempo pasado, ya quedó muy lejos. Yo ya dejé atrás a mi familia a mis amigos a mis sueños de entonces, ya dejé atrás Apatzingán Michoacán México.

Pero igual cuéntame insistí.

Mire madre, me da gusto que haya usted vuelto a su modo de ser, sólo por eso le voy a contar que yo era un niño muy popular en la escuela, un poco por guapillo, otro poco porque mi abuelo era un temido cacique y mi tía vivía con uno de los jefes, pero también porque era violento y me tenían miedo. Ningún niño y ningún maestro se me enfrentaban y ninguna niña y ninguna maestra se me negaban.

¿Y tu causa?

Sólo trabajar para el jefe, sólo hacer encargos para él.

¿Y qué te mandaba?

Me obligó a ir a la escuela, ya se lo dije. Y a hacer deporte, eso no se lo dije. De lunes a viernes en la José María Morelos y Pavón Siervo de la Nación, aprendiendo historia español aritmética; los sábados y domingos corriendo hasta Cuatro Caminos hasta Nueva Italia hasta La Ruana, cincuenta kilómetros, imagínese, más que el maratón.

¿Y nunca le entraste a la droga?

Nunca. El jefe era muy estricto en eso. Decía que el negocio es para afuera, no para Michoacán, que la droga es para otros, no para nosotros. Nos mandaba vigilar y los castigos eran durísimos si se le fallaba. A uno lo mandó a un centro de rehabilitación y como de todos modos siguió, pues de plano lo mandó al otro mundo. Es justicia divina decía.

¿Y al alcohol?

Nunca. El jefe nos permitía beber una cerveza de vez en cuando, pero no le gustaban los borrachos. A más de uno lo corrió de su servicio porque se le pasaban las copas.

¿Y nunca entrenaste para usar armas?

Nunca. El jefe no quiso. Se lo rogué cuando vinieron los del ejército a entrenar a los nuestros cuando vinieron los gringos cuando vinieron los israelitas, pero no cedió. Vi a mis amigos irse a los ranchos a la Fortaleza a Tanhuato, para aprender a usar armas de alto poder para aprender a torturar para aprender a descuartizar, pero yo no fui.

¿Y nunca participaste en las acciones?

Nunca. El jefe no quiso. Se lo rogué cuando mandó al Botas al Sapo y al Orejas a Morelia y Guadalajara para vender al menudeo en los baños de los restoranes y bares, pero no cedió. A mí me dejó en Apatzingán porque según decía, allí era donde me necesitaba, para que averiguara quién tenía cuáles propiedades cuándo vendrían el ejército o los federales a quién había que pagarle de los políticos y los militares.

¿Y nunca le desobedeciste?

Nunca. Al jefe no se le desobedece. Y eso que yo estaba desesperado por acción y que mis amigos ya para entonces hacían muchas cosas mientras yo me había quedado atrás. Por eso le rogaba y le rogaba. Pero nada, no cedía. Una vez me dio permiso de acompañar a uno a liquidar a un comandante que habían mandado de la capital, otra vez me dejó acompañar al mismo a echarle unos tiros a unas viejas que protestaban y otra vez me dio oportunidad de ir con los que emboscaron a unos soldados, pero nunca más. Cuando quise ir a ayudar a echar granadas en el zócalo de Morelia el mero día del grito de independencia, ya no me lo permitió. Cuando quise ir a ayudar a colgar a unos en el puente de Uruapan un jueves de madrugada, ya no me lo permitió. Esa vez me dio tanto coraje que me fui corriendo hasta allá, noventa y dos kilómetros, imagínese, más de dos veces el maratón, pero luego no me atreví a entrar a la ciudad.

¿No que te regaló una pistola?

Cierto, pero me dijo que era nada más para defenderme y nunca tuve que usarla. Sólo la saqué una vez para asustar a unas muchachas campesinas que habían llegado de La Ruana a buscar trabajo en casa del Obispo.

¿Y por eso ya no quieres regresar?

Los tiempos han cambiado. Ahora lo importante son las pastillas y las ampolletas. Hay que ir hasta Lázaro Cárdenas para traer los tambos que llegan de China, hay que ir hasta Tapachula para conseguir a los que se va a obligar a trabajar en las fábricas, hay que vigilar a los otros grupos que hacen lo mismo y quieren ser dueños de todo, hay que vigilar a los soldados que nomás andan viendo a qué horas nos descuidamos para caernos encima.

¿A qué horas pensaste esas cosas? le pregunté.

Desde hace rato las vengo pensando me contestó, desde que llegamos acá y descubrí lo que quiero ser y hacer en mi vida.

45

Yo tampoco te platiqué nunca nada de mí le dije al Poncho cuando al día siguiente otra vez lo acompañé a desayunar al restorán del hotel.

¿Qué me quiere contar?

De mis padres de mi hermana de mi vida antes de conocernos.

Mire madre, todo eso es tiempo pasado, ya quedó muy lejos. Usted ya dejó atrás a su familia a sus amigos a sus sueños de entonces, ya dejó atrás México.

Pero igual te quiero contar insistí.

Mire madre, como ya le dije, me da gusto que haya usted vuelto a su modo de ser, pero su vida anterior no me interesa, la que cuenta es la que ha hecho conmigo. Y de eso yo sé todo porque la hicimos juntos. ¿Acaso me quiere contar del cuerpazo suyo que disfruté en Apatzingán, esas tetas que me enloquecieron, esas artes amatorias que con usted aprendí? ¿O me quiere contar cuando decidió mejor convertirse en mi progenitora y se dejó engordar y dejó de ser rubia y me bañaba me rasuraba me lavaba los dientes y me cortaba el cabello? ¿O me quiere contar de las acciones que hicimos en los países a los que fuimos? ¡Sería repetir lo que ya sé, así que olvídelo!

¿A qué horas pensaste esas cosas? le pregunté.

Desde hace rato las vengo pensando me contestó, desde que llegamos acá y descubrí lo que quiero ser y hacer en mi vida.

46

Como ves mi querida Beatriz, me quedé con ganas de contarle cosas al Poncho. Quería que supiera todo de mí, que supiera que hace millones de años, cuando yo era una adolescente, quise tanto a mi hermana, que con tal de cumplirle su sueño de vivir en Italia, me dejé convertir en un ser que hizo lo necesario para conseguir el dinero para ello, aun cuando eso no era lo que yo quería.

Que supiera que hace miles de años, cuando yo era una joven, quise tanto a un hombre, que con tal de cumplirle su gusto de recorrer México, me dejé llevar y traer, subir y bajar por todas partes, aun cuando eso no era lo que a mí me interesaba.

Que supiera que ahora, cuando soy una mujer madura, lo quiero tanto a él, que con tal de verlo contento fui y vine de un lado a otro del planeta Tierra y me dejé convertir en un ser que es y hace lo que él decide, aun cuando eso va en contra de lo que yo soy y quiero, o mejor dicho, de lo que fui y quise alguna vez.

Y me quedé con ganas de decirle que así como hoy todavía me estremezco cuando recuerdo a aquella hermana y a aquel hombre, así me estremezco cuando lo veo a él, pues le tengo un amor tan grande, que me hace querer complacerlo en todo lo que le gusta, en todo lo que desea. O casi.

¿Sabes qué desea él?

Un teléfono celular una pantalla grande un auto. Ésos son sus sueños, de eso habla todo el tiempo. Pero no se los puedo dar, el teléfono porque temo que se comunique con Michoacán la pantalla porque no tenemos casa el auto porque no tenemos patria.

¿Sabes qué más desea él?

Sus uchepos. A cualquier lugar al que llegábamos, andaba yo buscando los ingredientes para hacérselos lo más parecido posible a los originales, lo que no era fácil porque no estábamos en Michoacán no teníamos casa y no teníamos patria.

¿Sabes qué también desea él?

Ropa. Y ésa sí se la di. Lo traigo arreglado como príncipe, qué digo príncipe, como rey. Parece un dios de tan hermoso, con ese cuerpo delgado y esos ojos oscuros, yo misma lo baño lo rasuro le lavo los dientes le corto el cabello le echo talco en los pies desodorante en las axilas perfume en todo el cuerpo. Se cambia varias veces al día, pero no me importa, siempre le tengo su ropa limpia y planchada, con todo y lo complicado que es hacerlo en las pensiones y hoteles.

¿Sabes qué deseo yo?

Hacerlo feliz. No sabes la ternura que me da verlo dormir, su cuerpo laxo y su cabello revuelto, el pobre tan lejos de su tierra de su familia de su mundo de sus sueños.

Una vez abrí su cartera, esa que carga en el bolsillo de su pantalón sin un solo centavo, porque nunca le di dinero por miedo de que se fuera a alguna parte sin mí. ¿Y sabes qué encontré?

Una foto de su pistola, la misma que se dibujó en el hombro una vez que encontramos un lugar donde hacían tatuajes; una foto de una muchacha de cabello largo y ojos grandes que tenía una dedicatoria: jefe, no uno sino dos de mis muchachos ya trabajan para usted. Ahora le ofrezco a mi hija, mire qué bonita es, ojalá se la quiera llevar; un papel arrugado con un número de teléfono y el nombre Crispín; un recorte de periódico en el que con grandes letras dice: Yo, tu hija, ¡Te amo y te admiro Servando Gómez Martínez!; un peine negro nuevecito y una pulsera de piel café muy desgastada, en la que estaban escritas las palabras MarK de Tierra Caliente. No sabes la ternura que me dieron todos esos objetos, el pobre tan lejos de su tierra de su familia de su mundo de sus sueños.

47

Pero me quedé también mi querida Beatriz, con ganas de contarte cosas a ti. Quiero que igual que la vez anterior, sepas todo de mí. Y quiero además que entiendas mis razones y no me suceda contigo lo que me pasó con mi hermana que nunca quiso saberlas y prefirió enojarse para siempre.

Contarte que ya no soy la que conociste cuando fuiste a México. Aquella rubia con grandes senos y pequeñísima cintura había sido fabricada, convertida en eso por un cliente que decidió cómo quería que yo fuera. Una mañana vino por mí su chofer y me llevó a una clínica en la que me arreglaron el cuerpo siguiendo sus instrucciones. Estuve varias semanas internada y cuando por fin salí, mandó a una mujer a teñirme el cabello y me hizo dejarlo que creciera largo. Esa misma mujer me trajo la ropa ajustada y las zapatillas de tacón alto con las que me encontraste.

Pero a mí no me agradaba verme en el espejo, no me reconocía, así que cuando gracias a ti pude cerrar la puerta del departamento que había sido mi lugar de trabajo, lo primero que hice fue ponerme mi ropa y zapatos de antes.

Lo que no podía cambiar de un día a otro era mi cuerpo, y ahora sé que eso fue lo que le gustó al Poncho y por eso me convirtió en su amante.

Pero con el paso del tiempo, cuando mi vida en Apatzingán se regularizó, fui regresando a mis costumbres y volví a ser regordeta con el cabello castaño, y ahora sé que eso fue lo que hizo que le dejara de gustar al Poncho y por eso me convirtió en su madre.

Contarte que esta tía tuya que alguna vez fue por todo el territorio mexicano conociendo personas y lugares y viviendo experiencias a veces buenas y a veces malas, hoy ha ido y venido por medio mundo conociendo lugares y personas y viviendo experiencias a veces excelentes y a veces terribles.

De las experiencias buenas, te puedo decir lo maravilloso que fue ver a la gente que habita este planeta nuestro, tan igual y a la vez tan diferente. En Estados Unidos visten informal, van por las calles con ropa deportiva y calzado deportivo y están de moda los pantalones rotos, que son más caros que los enteros. En Tokio en cambio, visten elegante, hombres y mujeres van por las calles de traje oscuro y zapatos oscuros. En París hay rubios y hay negros pero en Londres la variedad es infinita, hay personas de todos los tamaños colores cabellos vestuarios. Lo mismo te encuentras a unos con atuendos africanos que con caribeños, a unos con cabellos muy lacios que muy chinos, a unos con la cabeza descubierta que con turbante.

En Estados Unidos están los gordos más gordos que te puedas imaginar, mientras que en Londres y en París son delgados. Los europeos son altos, los japoneses chaparros. Las mujeres más bonitas vienen de Europa Oriental, con grandes ojos claros, y casi todas llevan el cabello largo, y los hombres más guapos están en Estambul, con grandes ojos oscuros, y casi todos usan bigote. En Marruecos hay muchos jóvenes, en Japón muchos viejos. Los más simpáticos son los españoles, se pasan las noches en los bares y gritan mucho. Los más correctos son los gringos, siempre saludan aunque nunca te hayan visto. Los más difíciles son los marroquís, porque no les gustan los extranjeros pues los colonizaron. Los más amables son los japoneses, siempre agradecen y hacen reverencias. Los más malhumorados son los franceses, quizá porque sufren por su catedral que se incendió. ¡Cómo la quieren que hasta los judíos dieron dinero para la reconstrucción!

En Turquía y Marruecos encuentras mujeres cubiertas de pies a cabeza y otras vestidas a la moda de hoy, aunque ninguna va tan desnuda como las gringas.

En Estados Unidos cada rincón, por pequeño o lejano que sea, tiene dueño, pero en Inglaterra la reina es la propietaria de todo. Los americanos venden camisetas en las que apoyan un montón de causas: contra el cambio climático a favor de esterilizar a las mascotas domésticas contra los envases de plástico a favor del vegetarianismo contra el cigarro a favor de la mariguana, mientras que los ingleses anuncian ofertas de empleo burlándose del príncipe heredero que ha esperado medio siglo para ser rey y sigue sin conseguirlo. Hasta en la televisión el pobre es objeto de desprecio. En un programa sobre la familia real, se dirige a su madre: tengo algo que decir, y ella le responde: a nadie le interesa oírlo.

En Estambul están todas las diéresis que existen en el mundo, con lo mucho que me hizo sufrir mi maestra doña Rosario porque yo no las usaba cuando escribía cigüeña o pingüino, pero allí casi todas las palabras incluyen una como acemoglü, a veces dos como gümüssuyo iy a veces hasta cuatro como görüsürüz!

En Tokio hay muchos casamenteros y muchas agencias para armar matrimonios, pero la más exitosa es una que ofrece a personas de las ciudades casarse con personas de zonas rurales. El hermano de mi amiga está feliz porque como dice, seguro la mujer campesina que se consiguió a través de una de esas empresas lo va a atender muy bien, mientras que a las urbanas ya no les gusta cuidar a sus maridos.

En Madrid las feministas son muy solidarias entre sí, pero las catalanas y vascas tienen además sus propias luchas que van desde su separación de España hasta la conservación de su lengua.

En París hay muchos programas de televisión para discutir, y todos los invitados se enojan y gesticulan igual que el casero de nuestra pensión: me no se pa posibl vualá, pero cuando terminan, se van tan tranquilos y tan amigos.

En Estambul en cada rincón hay un retrato del fundador de la República y uno del mandamás de hoy. Aquél se llama Atatürk, éste se llama Erdogan. En Marrakesh en cada rincón hay un retrato del rey, a veces vestido de traje y corbata y a veces con chilabas coloridas y tarbush, pero siempre con gafas oscuras. Se llama Mohamed, es hijo de Hassan, nieto de Muhamad, padre de Hassan.

De las experiencias malas, te puedo decir lo difícil que fueron algunos momentos. ¿Cómo explicarte lo que se siente llegar a la casa de una familia desconocida en un lugar desconocido y quedarte a vivir allí? ¿Cómo explicarte lo que se siente caminar por una ciudad en la que tienes miedo? ¿Cómo explicarte lo que se siente cambiar tu nombre de toda la vida para cruzar las fronteras y vivir en hoteles con documentos de otra persona? ¿Cómo explicarte lo que se siente conocer un centro comercial gigante en Estados Unidos la gran plaza central de Madrid un pequeño jardín en Japón o un minúsculo cementerio en París? ¿Cómo explicarte lo que se siente entrar a una mezquita o amistarse con una judía?

Decirte lo muy complicado que es el dinero en los distintos países. Cuando estaba en Inglaterra me parecía muy barato algo que costaba veinte libras esterlinas y cuando estaba en Japón me parecía muy caro algo que costaba mil yenes, siendo que en realidad era al revés. En la tienda de un parque en Tokio, me encantó un reloj de esos que se ponen en la mesita de noche, pero no me animé a comprarlo porque me parecía carísimo y sólo me percaté de mi error cuando una viejita de esas que apenas si tienen para irla pasando, me ofreció pagarlo.

Decirte lo muy difícil que ha sido escribir en el lenguaje adecuado. ¿Tú crees que porque hablamos español por eso todos lo hablamos igual? Pues te equivocas: los calentanos no hablan como los reynosenses, en Apatzingán es menos cantadito y meten palabras indias, en Reynosa es muy cantadito y meten palabras gringas. Las sirvientas no hablan igual de claro y de fuerte que las patronas, cómo crees que las pobres muchachitas que trabajaban en las casas de doña Lore y doña Lola, que venían de La Ruana o de San Pedro Sula, iban a contarme su vida como yo te la cuento a ti. No tienes idea de lo difícil que era sacarles una palabra y lo difícil que era entenderles lo que decían y no era cosa de preguntarles: ¿Me puedes explicar bien cómo es eso de que se llevaron a tus hermanas o de que la Mara los agredía?

No puedo hacer que en mi escritura puedas percatarte de las diferencias, por ejemplo entre el inglés abierto e informal de los americanos: ¿Guant dis?, ¿can wi stey tu wiks? y el inglés cerrado y elegante de los británicos: ¿Du yu fancy dat?, ¿can wi stey a fortnait?, o entre el español denso de España y el español suave de Marruecos, o el español viejo de los viejos judíos turcos, ese que los jóvenes ya no aprenden, porque como me dijo don Ezra el marido de mi amiga, ya no keren ambezarse y avlar lo que anzina usavan en su kaza, y el español de mi amiga japonesa tan correcto que muchas veces ni yo lo entendía. ¡Vaya, ni siquiera el Poncho habla como te lo escribo, es mucho más duro, más irritado, más desesperado!

Y contarte también otras experiencias que me regresaron a mi ser más profundo, a la persona que yo había sido durante tantos años. Y es que tenía razón la abuela cuando decía que nada es seguro excepto que el alma humana es incorregible y que no es cierto que uno pueda cubrir su cuota de amor en esta vida, su cuota de sexo en esta vida, porque siempre quiere más.

Y es que después de que mataron a la señora Lore, se llevaron a las niñas y el Poncho escapó, me dio por caminar por los alrededores de la casa de doña Livia, y en una de ésas, un hombre se asomó por una ventana y me invitó a entrar. Pero no me animé. Al contrario, me fui corriendo como si el diablo me persiguiera. Creo que eso ya te lo conté, pero lo que seguro no te conté es que unos días después regresé al lugar. Y allí estaba el hombre y me volvió a invitar. Y esa vez sí acepté.

Entré a la casa y a tres pasos de la entrada, inmediatamente nos pusimos a lo nuestro, como en los mejores tiempos de mi juventud.

Desde entonces, todas las tardes fui para allá y todas las tardes fue lo mismo: sexo y más sexo. Los primeros días tuve miedo por si el tipo resultaba violento o con alguna enfermedad, pero ya después me calmé, cuando me di cuenta de que era un pobre don nadie al que sus jefes tenían cuidando el lugar y que no se atrevía ni a imaginar que pudiera largarse o desobedecer.

Un día me pidió que me quedara, que no me fuera tan luego luego.

Y pues me quedé.

Primero pasamos a la sala, luego a las recámaras. Había pocos muebles, restos de comida por todas partes, botes de pintura y letreros a medio pintar. Uno decía: con el respeto que le tenemos a la bella población de uruapan, has patria y mata a un viagra. Otro decía: buenas tardes al pueblo de tepalcatepec y sus alrededores. nuestro pleito no es con el pueblo.

¿Tú pintas esos letreros? le pregunté.

Pero no quiso responder y sólo dijo que no sabía.

Pero sí que sabía. Y gracias a que se perdía por completo en el alcohol cuando teníamos nuestros encuentros, empecé a saber yo también.

Supe que para él su gente era la única que contaba y los otros no, y que iba a todo con aquéllos y a todo contra éstos; que su jefe era para ellos un santo y hasta capilla le tenían; que él estaba encargado de vigilar a los secuestrados que traían a la casa mientras cobraban el rescate, pero que hacía mucho que no llevaban a nadie; que tenía armas en uno de los cuartos y que buena parte del día la ocupaba en limpiarlas, para que estuvieran perfectamente listas por si se ofrecía usarlas.

Todo esto supe, pero no dije nada, ¿qué podía decir?

Una tarde llegué y toqué el timbre como de costumbre, pero el Pedro tardó mucho en abrir y cuando lo hizo, apenas si asomó su cara por el portón. Hoy no puedes entrar dijo. Por encima de su cabeza vi que había muchas personas encapuchadas, vestidas como militares y con armas enormes a las que las estaban filmando en un video, ¡el mismo que yo vi en el aeropuerto de Morelia cuando me fui de Michoacán!

Todo esto vi, pero no dije nada, ¿qué podía decir?

Me fui de allí triste porque me gustaba pasar tiempo con él y porque sabía que nunca lo volvería a ver, pues al día siguiente me iba de Apatzingán. Pero estuvo mejor así, desaparecer sin despedidas. A mí me lo hizo hace muchos años un cliente, pero entonces no lo supe entender.

Desde adentro de la casa se escuchaba una canción: Con varias pruebas de fuego / se fue ganando el respeto / hizo temblar con su sangre / su sabiduría y su talento.

Contarte lo difícil que fue convivir con el Poncho. Esconder el dinero. Tener que usar día y noche mi camiseta, no poderla lavar jamás por si tardaba en secar. Y tener que tapar las rendijas de las puertas, no me fuera a descubrir si se asomaba por alguna. Pero no quise decirle la verdad para que no fuera a quitármelo, y por eso soporté la tortura.

También fue difícil compartir habitación y baño con él. El pobre casi no dormía, se movía se paraba se volvía a acostar se encerraba en el escusado por largos ratos. Y era muy desaseado. Cuando por fin podía yo entrar, tenía primero que orear limpiar ordenar. Pero no quise tomar dos habitaciones para no dejarlo solo en ningún momento, y por eso soporté la tortura.

Y muy difícil aguantar su desesperación. El muchacho extrañaba su tierra, sobre todo en la época de las fiestas, acostumbrado como estaba a pasarla con su familia y sus amigos, y de repente estaba en un país desconocido, con una persona con la que nada tenía que ver aunque le llamara madre.

Pero lo peor fue su eterno malhumor. Nada le interesaba nada le parecía y de todo refunfuñaba. Días enteros no me dirigía la palabra y si yo le hablaba se enfurecía. Otros en cambio, hablaba todo el tiempo y si yo no abandonaba todo para escucharlo se enfurecía.

Cuando lo saqué de la cárcel donde lo tenían enjaulado los gringos, anduvimos de un lugar a otro, subiendo y bajando de camiones y trenes, pues no se quería quedar en ningún lugar, decía aquí y luego que ya no y otra vez nos íbamos. Dejé pagadas noches en hoteles y moteles, dejé pagadas comidas y cenas en restoranes, todo desperdiciado.

Muchas veces se ponía violento y se quería robar a esa muchacha en la calle prenderle fuego a aquel almacén romperle los vidrios a un auto pelear con el ciclista que pasaba por allí. Hasta conmigo se enojaba y me insultaba, me daba empujones o cachetadas porque tiré su viejo cepillo de dientes porque le llevé una crema para la piel reseca o una ensalada que tenía gajos de mandarina. Una vez, cuando se lastimó una mano, me equivoqué y le unté la pomada en la otra, y se enojó tanto que me dio un golpe, no tan fuerte como la vez de Apatzingán, pero sí lo suficiente para dejarme maltrecha por varios días.

Fue así como me di cuenta de que cada tanto le entraba la necesidad de ser violento. De verdad era una necesidad para él. Empezaba a decir que quería que corriera sangre que quería eliminar a todo mundo que quería aventar la bomba atómica. Y por eso decidí ayudarle. En Lancaster lo inscribí en una escuela de tiro en la que les enseñaban a usar distintos tipos de armas y practicaban en cabinas y en espacios abiertos. Pero la emoción nos duró poco porque le pidieron documentos, y cuando vieron que éramos turistas ya no le permitieron seguir. Dicen que no hay mal que por bien no venga y así fue, porque esa noche vimos en la televisión que se agarraron a balazos todos contra todos los de esa escuela y muchos murieron. ¡Imagínate! Tuvimos mucha suerte.

Entonces le propuse aprender a volar. Fuimos a contratar una avioneta con todo y su instructor, pero aunque la dejamos pagada, el tipo prefirió devolvernos el dinero y llevar a no sé quién de un equipo de beisbol que era famoso. Dicen que no hay mal que por bien no venga y así fue, porque esa noche vimos en la televisión que se estrellaron contra un edificio de departamentos y todos murieron. ¡Imagínate! Otra vez tuvimos mucha suerte, allí seguían las hadas buenas que siempre me habían acompañado.

Pero como te digo, cada vez volvía a su cantaleta de quiero golpear a alguien violar a alguien matar a alguien. Veía las noticias y se emocionaba cuando contaban lo que hacían los narcos o los terroristas y sobre todo, se fijaba en que eran jóvenes como él, yo quiero decía, quiero vivir como ellos hacer lo mismo que ellos ser como ellos.

Cuando se me ocurrió irnos a Boston, pensé que correr un maratón lo dejaría sin energía durante varias semanas, pero luego las cosas cambiaron y no fue eso lo que hicimos en aquella ciudad.

En Londres mi muchacho se aquietó por un rato, hasta pudo tomar clases de guitarra y por primera vez lo vi hacer bromas y reírse. Se burló de la cara de susto que puse aquella vez que me encontró en su casa en Apatzingán y antes de preguntar nada me agarró a golpes; se burló porque cuando entramos a uno de esos lugares donde hacen tatuajes y él se hizo uno de su pistola, yo quise hacer lo mismo pero con su nombre, sólo que me dolió tanto, que cuando terminaron la P ya no los dejé seguir; se burló de mi camiseta con dibujos de dólares que no me quitaba nunca, parece usted retrato, diario con lo mismo, y hasta se burló de mi exagerada preocupación por él.

Y aunque no lo creas, porque yo misma no lo podía creer, me aguantó cuando yo también me burlé de él, del valiente michoacano que no pudo hacer nada cuando no le quisieron enseñar a volar aviones y tuvo que conformarse con aprender a tocar la guitarra, ni pudo hacer nada cuando los gringos lo metieron a una jaula apretujado con muchísimos otros y tuvo que dormir en el piso de cemento duro envuelto en papel aluminio.

Fueron buenos tiempos esos. Festejábamos con cualquier pretexto: que su cumpleaños que los santos reyes que la independencia de México que el día de muertos o el de los inocentes. ¡Hasta la Constitución de Apatzingán el 22 de octubre! Nos reíamos de nuestros fracasos de nuestros extrañamientos de nuestras piruetas con tal de conseguir cómo preparar un uchepo, de nuestros líos con los idiomas que se hablaban en cada lugar porque no le entendíamos a nadie y nadie nos entendía a nosotros.

Pero al rato le volvían su inquietud y su necesidad de violencia. De verdad era una necesidad para él. Por eso cuando estábamos en Londres yo misma lo llevé con las muchachas rusas, muy bonitas y muy jóvenes. Eso le gustó tanto que se quedó allí varios días, hasta que no sé lo que sucedió pero se agarró a golpes con uno de los que las vigilaban, un tipo muy grandote y muy fuerte que lo echó a la calle al grito de no vuelvas nunca por acá señor testosterona.

Pero ¿crees que por eso cambió? Para nada. Mi muchacho no cambiaba jamás, pasara lo que pasara. Esa vez estuvo en cama más de una semana por la dichosa golpiza, pero apenas se sintió un poco mejor, y digo un poco porque nunca volvió a ver bien con su ojo derecho, se volvió a salir como era su costumbre.

Fue entonces cuando descubrió el viejo mercado de carne y le encantó. Allí llevan ochocientos años matando animales decía, el olor a sangre es parte del aire y del sabor de la boca decía. Allí conoció al que le propuso lo que hicimos en el puente, que como creo que ya te conté, terminó muerto.

En Estambul siempre estuvo inquieto, ni un solo momento se tranquilizó ni se le quitó lo refunfuñón. Se iba a aventar piedras al río, que estaba allí nomás, enfrente del hotel. Cada vez las escogía más grandes y las echaba con más fuerza diciendo que iba a matar a muchos cristianos porque ese Bósforo es de un lado Asia y de otro Europa y allí estaban a los que odiaba. Luego empezó a buscar perros para maltratar y se puso furioso de que en esa ciudad no hubiera ninguno, porque según nos dijo el del hotel, los musulmanes creen que los ángeles no entran a una casa donde hay esos animales impuros.

Cuando conocí a la señora Esther, él ya andaba con unos que querían matar judíos y me dijo que le gustaría empezar por ella y su familia. Me asusté tanto, que le propuse lo de las otras sinagogas, pero todo falló y para salvarnos de la furia de sus amigos nos tuvimos que ir rápido del país.

En Tokio el hermano de mi amiga se dio cuenta de esa desesperación que tenía, y lo llevó a las clases de artes marciales. Eso le hizo mucho bien. Pasaba horas allí, hasta agotarse por completo. Pero luego le entramos a una acción en el metro que le propuso un alumno de Haruki y por eso también nos tuvimos que ir rápido del país.

Para cuando llegamos a Madrid, el muchacho ya tenía experiencia de dónde buscar a las personas que quería conocer. Eso me dijo la vez que se lo pregunté: ¿Cómo le haces para conocer a los que llevan a cabo las acciones? ¿Cómo le haces para dar siempre con ellos?

Ay madre me contestó, cualquiera da con ellos. Están en todas partes, en los bares en las zonas donde viven los marginales y los migrantes en los lugares donde se reúnen los enojados con el mundo o los que tienen una causa. Y agregó: es como si usted dijera que es difícil hallar pistoleros en Michoacán, mejor pregunte cómo se hace para no dar con ellos.

Y por lo visto así era, porque muy pronto encontró a los que nos involucraron en la acción en el tren. Pero con ellos le pasó algo especial, porque le hablaron de su religión y eso lo impactó, y le hablaron de su país y eso lo impactó, y le hablaron de sus familias y eso lo impactó. Estoy segura de que hasta pensó en irse a vivir al departamento que rentaban, pero fue entonces cuando se suicidaron y cuando él sufrió un accidente y se deprimió. Aunque para mi sorpresa, esa vez no se puso alterado ni violento, sino muy triste. Y esa tristeza le duró un buen tiempo al pobrecito, jazito como decía mi amiga de Estambul, tan lejos de su tierra de su familia de su mundo de sus sueños.

Por eso cuando estábamos en París yo misma le conté que en esa ciudad había muchos gatos y podía hacer lo que quisiera con ellos. Pero no, se quedó encerrado en la pensión, no quiso ir a maltratar felinos ni a buscar muchachas rusas ni a conocer a los que planeaban acciones. Más bien fue cuando empezó con la cantaleta de que teníamos que regresar a México.

Y sin embargo, nos venimos a Marruecos. Y aquí estamos mi querida sobrina, en un lugar que no estaba para nada en mis pensamientos, que no me significa nada y que ni siquiera sabía yo que existía. Y aquí estoy mi queridísima ahijada, yo también sumida en una tristeza de la que ni siquiera sabía que era capaz.

Y es que las cosas han cambiado. Antes de venir acá, me encantaba llegar al país al que nos íbamos después de nuestra acción, que escogíamos al azar, sea porque era el vuelo más próximo o porque no se requería visa. Y una vez allí, era emocionante darnos cuenta del impacto que había tenido lo que habíamos hecho, verlo en las revistas los periódicos la televisión, pues aunque muchas veces no entendíamos lo que decían, veíamos las imágenes. Y allí estaban siempre las víctimas los muertos los heridos los destrozos, y allí estaban siempre las familias llorando rezando, los altares con flores y veladoras, y estaban siempre los funcionarios los policías hablando con mucha seriedad y prometiendo dar con los responsables.

Esas noticias ponían a todas las personas muy mal, donde sea que estuviéramos: en un aeropuerto en un hotel en un restorán frente al aparador de alguna tienda. Menos a mi hijo. Él, por el contario, se ponía feliz. Cuando yo lo volteaba a ver, su sonrisa lo decía todo. Y eso me producía a mí una dicha tan grande, que no te la puedo describir. Tiene razón una profesora de la televisión que dice que las madres enamoradas de nuestros hijos tenemos desactivada una zona del cerebro, la encargada de emitir juicios y hacer evaluaciones objetivas.

Pero ahora que llegamos acá, esa dicha se acabó. Será porque me di cuenta de que mi muchacho me engañó todo el tiempo. Las acciones que yo creía eran suyas y mías, en realidad eran de otros y nosotros sólo nos habíamos sumado a ellas. También me engañó haciéndome creer que yo podía escoger a dónde íbamos. Creí que fuimos a Japón por mi miedo de los de seguridad si elegíamos ir a Israel o por mi miedo de encontrarte a ti si elegíamos ir a Italia, cuando en realidad fue porque al Poncho le pareció la mejor manera de evitar que lo rastrearan sus amigos turcos. Y creí que venimos a Marruecos para que no lo encontraran los traficantes mexicanos, cuando en realidad fue porque al Poncho le pareció la mejor manera de cumplir su sueño de volverse musulmán.

Pero sobre todo, mi dicha se acabó porque me llegaron los remordimientos. Me llené de una culpa de la que ni siquiera sabía que era capaz.

Paso las noches dando vueltas en la cama porque me regresan escenas caras gritos de dolor y de miedo. Sobre todo me pesan, y mucho, los niños a los que les hice daño. El de Boston, al que conocí allí nomás en la calle, que Dios lo tenga en su gloria, ocho años, recién había hecho su primera comunión, y el de Madrid, al que abandoné allí nomás en la calle, sólo Dios sabe qué habrá sido de él, tres años, los dos tenían la vida por delante. Cuando pienso en sus madres, ahora que sé lo que es ser madre, el amor que se puede sentir, el dolor que se puede sentir, me como viva. Trato de explicarme por qué lo hice y no encuentro una causa una razón una motivación.

Poncho tiene las suyas muy claras: él vio lo que está sucediendo en el mundo y no quiso solamente mirar sino participar. Así de simple y sencillo aunque algunos quisieran creer que es más complicado. Y por lo que se refiere a mí, fue por seguirlo a él pues no podía soportar su enojo su silencio su alejamiento. Así de sencillo y simple aunque algunos quisieran creer que es más complicado. La historia de la vida de mi muchacho fue siempre ésa: quererle entrar a lo que estaba pasando. La historia de mi vida fue siempre ésa: seguir a los que amo. Para ninguno de los dos fue porque un demonio nos movió la mano o porque teníamos adentro la semilla del mal o la enfermedad de la locura. No fue como el jefe de Poncho en Michoacán por el beneficio económico, no fue como Chava en Reynosa porque no nos quedó remedio, no fue como Hamid en Marrakesh por defender una causa, no fue como dicen en la televisión para tener un objetivo en la vida o para pertenecer a algo o por sentir que así estaríamos por encima de lo ordinario. Nada de eso. Fue, simple y sencillamente porque fue. Y así lo acepté siempre, aunque ahora me está afectando mucho.

Bueno, aquí le paro. Pasé de ser parca en lo que te escribía, a contarte muchas cosas como descosida, lo que sin duda es la misma locura, la misma. Pero ¿por qué supongo que a ti te interesa? ¿Será porque me hiciste sentir que me quieres mucho y que querías saber todo de mí sobrinita?

48

Madre, quiero pedirle una cosa me dijo el Poncho una mañana apenas despertamos, poniendo mi corazón a latir a toda velocidad. Tengo que ir a cumplir un encargo que me hicieron mis amigos de España. ¿Podría usted arreglar un viaje a Uarzazate? me preguntó.

Por supuesto le contesté, aunque no tenía yo la menor idea de dónde quedaba ese lugar. Pero a mi memoria regresó el recuerdo de cuando tuve que averiguar dónde quedaba la ciudad a la que habían llevado detenido a Poncho, y se me ocurrió ir a preguntarle a la vendedora de la papelería. Así que hice lo mismo y le pedí ayuda a la señorita que atendía el escritorio que organiza las excursiones en el hotel, quien consiguió un Grand taxi que nos llevaría, esperaría y traería de regreso.

Unos días antes de salir, nos vino a ver un hombre joven que se presentó como el que sería nuestro chofer. Se llamaba Murad y dijo que conocía bien la zona, porque la familia de su esposa era de por allá y porque había llevado a muchos turistas. También dijo que el paisaje era hermoso, montañas cuyos colores cambian con la luz del sol, a veces son amarillas a veces cafés a veces de un rojo encendido y que hace mucho calor pero aun así se puede ver la nieve brillando en los picos altos del Atlas, que por todas partes hay cabras pastando y niños que venden piedras y serpientes, que los camiones van traqueteando por el camino parándose en cualquier parte para subir y bajar pasaje.

Luego nos preguntó dónde queríamos detenernos, si en la kasbah tal o la kasbah cual y si preferíamos seguir hasta el desierto a pasear en camello o pernoctar en Zagora y conocer la barranca de Dadés. Pero al Poncho nada de eso le interesaba, así que terminé siendo yo la que habló con él y para quitármelo de encima, le dije que iríamos decidiendo sobre la marcha.

Esa misma tarde le pedí al que atendía la recepción, que nos tomara una fotografía con su teléfono. Lo hizo y amablemente me la entregó impresa. Te la voy a mandar junto con estas notas. Allí estamos Poncho y yo, mira lo hermoso que es mi muchacho en la plenitud de sus 26 años. Su cabello abundante y negro, el cuerpo delgado y fuerte, erguido como el que se sabe seductor y que consigue todo lo que quiere. Eso sí, su mirada es fría, tiene una nube en el ojo derecho porque lo golpearon y la mueca de su boca conserva la arrogancia de cuando lo vi por primera vez. Si te fijas bien en sus piernas, verás que una está más corta, por el accidente que tuvo y que lo dejó cojeando para siempre.

Yo en cambio, soy una persona a la que los años se le vinieron encima, no tanto por la edad, pues apenas tengo 53 y la verdad sea dicha, buena salud, sino por la tristeza que cargo y que se nota en la espalda algo encorvada y en el gesto del rostro. Verás que esa mujer, que soy yo, insiste en pararse cerca de él, insiste en sonreír, insiste en mostrar que es feliz, aunque no parece que lo logre.

Mientras nos tomaban la fotografía, hice un esfuerzo por oír alguna canción a lo lejos, como es mi costumbre cuando son momentos importantes. Pero no se escuchaba nada, porque aquí lo único que se oye es la voz del muecín llamando cinco veces al día a la plegaria Alahu Akbar.

49

Querida Beatriz,

Estas líneas son las últimas que te escribo. Muy pronto mi viaje habrá de terminar.

Al lugar a donde vamos, se llega por un camino angosto y curveado, flanqueado por barrancas profundas, así que no será difícil hacer que el chofer cometa un error. Y volar hacia esas profundidades con el aire ligero de por acá, será una excelente despedida. Y quedar en esas profundidades con el rostro frente al sol brillante o contra la tierra rojiza, será un excelente final.

El momento es perfecto, pues se cumplen siete años de que estamos juntos Poncho y yo, y el siete ha sido el número mágico que me ha acompañado toda mi vida, marcando sus ciclos.

En este tiempo hemos estado, por puro azar, en siete ciudades, todas ellas con un río importante en su centro. Por azar también, empezamos nuestro periplo en la tierra caliente y lo terminamos en el desierto. ¿Qué más señales se pueden pedir? El círculo se cierra de manera impecable.

Seguro te van a llamar de la Embajada de México, porque puse tu nombre y tu teléfono como pariente a quien contactar en caso de problemas. Y te dirán con voz muy seria: disculpe la hora, pero le estamos hablando desde Marruecos porque hubo un accidente.

Pero tú no vas a tener idea de a quién se refieren cuando te digan que se trata de la señora Livia Parodi viuda de Márquez y su hijo Alfonso Décimo Reyes Márquez, porque no tienes idea de lo que ha sido mi vida en estos últimos años ni del nombre con el que circulé por el mundo y ni siquiera tienes idea de que existe el Poncho. De todo eso te vas a enterar hasta que leas este cuaderno, que llegará a tu casa dentro de algunas semanas, pues mañana antes de salir del hotel encargaré que te lo manden.

Y si para entonces aún crees que tiene sentido hacerlo, tomarás un vuelo a Casablanca y otro a Marrakesh, y allí en el hotel te darán la información: habían rentado un auto con chofer para ir a Uarzazate, pero nunca llegaron. Y compungido, el que te lo diga agregará que lamentablemente no hay forma de recuperar los cadáveres porque el precipicio es profundo. Seguro también te dirá que la madre y la esposa del chofer están furiosas con los extranjeros que sólo vienen a su país a hacerles daño y tendrá razón, porque al pobre de Murad lo arrastré en mi delirio sin compasión por su familia. Por eso el sueño de los amigos de Poncho es llenar Rabat y Marrakesh con volantes que digan fuera extranjeros del Maghreb, supongo que les gustaría copiar aquella escena impresionante cuando el atentado a las torres gemelas en Nueva York, en que millones de hojas de papel salieron volando de las oficinas y cayeron sobre la ciudad.

Te pido por favor, que no me llores. Ésta fue mi elección de vida y ésta es mi elección de muerte. Tuve el privilegio de vivir tres veces la enorme bendición del amor y el privilegio de tres veces terminar yo misma con él. Por decisión del destino, fui un día hermana, otro día amante y otro día madre; por decisión de mis amados, un día me quedé en México, otro día fui viajera por mi país y otro día viajera por el mundo.

Pero los finales, ésos sí los decidí yo. Y siempre por la misma razón: por haber convertido en Dios a un ser humano, lo que sin duda es el más grande error que se puede cometer. Sólo que el hubiera no existe y a lo hecho pecho.

Quiero que sepas que quise mucho a mi familia y siempre viví con la nostalgia de mi infancia, eso a pesar de que mi madre perdió la razón cuando se le murieron sus dos hijos pequeños y de que mi padre se fue a vivir a Estados Unidos, el país de sus sueños, y se desentendió de nosotras sus dos niñas, dejándonos en manos de la abuela, maravillosa mujer, aunque muy estricta en la disciplina que nos impuso.

Que sepas que siempre llevé conmigo la pulsera con nuestros nombres grabados, que nos compramos iguales tu madre y yo antes de que ella se fuera a Italia.

Que sepas que de todas las cosas que abandoné a lo largo de mi vida, la que más me pesa es mi perra, de la que nunca volví a saber. Muchos años después, cuando vivía en Apatzingán, tuve otra a la que también abandoné y de la que tampoco nunca volví a saber. También me pesa que nunca llamé a la abuela desde que la metimos al asilo. Muchos años después, cuando vivía en Apatzingán, conocí a otra abuela a la que tampoco nunca llamé desde que salí de allí.

Que sepas que nada de lo que aquí te he contado es invención o falsedad, aunque no me extrañaría que lo dudaras, porque parece imposible y parece increíble. Pero te aseguro que como decía la abuela cada vez que leía alguna noticia terrible, ni yo ni ningún novelista dramaturgo poeta o artista, habría tenido la osadía de imaginar esto.

También puede ser que no me creas, porque muchas veces nuestras acciones no salieron en los periódicos o en la televisión. Esto te lo digo porque alguna vez escuché a alguien hablar del atentado en Tokio y decía que eso había sido en otra fecha. ¡Nunca se enteraron de que hubo uno más reciente, el que hicimos nosotros! Pero claro, el gobierno japonés prefirió no hacerlo público porque se suponía que ya había acabado con el grupo delictivo. Algo parecido fue lo de Estambul. Cuando nosotros hicimos la acción en las sinagogas, ya no llamó la atención porque antes hubo otras que hicieron mucho daño.

Y es que hay tantos atentados, todo el tiempo están sucediendo aquí y allá, con montones de muertos y heridos, que ya a nadie sorprenden.

Con decirte que el mismo día en que hicimos la acción en Boston, hubo una en Irak en la que murieron cincuenta personas y ni quien se fijara, como no se fijaron tampoco que el día anterior hubo varias en África y allí fueron treinta y cinco los muertos, ni se fijaron que al día siguiente la hubo en Pakistán y allí fueron diecisiete los fallecidos. Yo creo que la gente ya se acostumbró y además, no le importa. Como dice Poncho que dice su jefe, mientras las desgracias no le sucedan a uno y a los que uno quiere…

Es lo mismo que pasa en México. Todos los días matan secuestran torturan violan extorsionan, y muchas de esas cosas ya ni siquiera se cuentan y aunque las cuenten no pasa nada, como si fuera lo normal. ¡Cómo le enojaba a la abuela Livia que la gente siguiera haciendo su vida a pesar de tanta desgracia! En cambio eso a Poncho le parece maravilloso, así debe ser dice.

También puede ser que sí te hayas enterado, pero no lo relaciones con nosotros, pues las acciones se las atribuyeron a otras personas. Ésta es una larga historia que no recuerdo si ya te conté, pero en todo caso, no tengo energía para contártela en este momento. Sólo te puedo decir que nosotros estuvimos allí y formamos parte de eso y que hasta alguna fue nuestra responsabilidad, como las pastillas que dejamos en un teatro de París, aunque eso quedó borrado por una acción que hubo después en ese mismo lugar, cuando atacaron a los asistentes a un concierto de rock, y en la que no tuvimos nada que ver.

Lo que sí puede ser, es que lo que te cuento no sea del todo exacto, pues quizá hubo cosas que se me revolvieron en la cabeza y otras que se me olvidaron, pero tendrás que aceptar esta versión porque no es cosa de preguntarle al Poncho: ¿Dónde fue que hicimos esto o vimos aquello o decidimos equis o planeamos zeta?

Pero además, eso es lo de menos. Lo importante es que sepas mi historia, para que te quede claro por qué tomé la decisión que tomé.

Sucedió una tarde en Madrid, de ésas en las que mi muchacho había desaparecido y yo daba vueltas buscando cómo entretenerme. Caí en un café pequeño en el que alguien recitaba un poema y escuché una frase: entréme donde no supe y quedéme no sabiendo.

Un estremecimiento me recorrió porque era, en unas cuantas palabras, la explicación de mi vida. O de lo que yo creía que era mi vida. O de lo que yo hubiera querido que fuera mi vida, pero no lo era.

Porque en efecto, entré sin saber. Pero me quedé y lo hice sabiendo. Yo que iba a convencer a mi hijo de dejar de ser violento, en lugar de eso me volví violenta. ¿Cómo sucedió? ¿Cómo pude cruzar el umbral y convertirme en lo que más odiaba? ¿Cómo fue que participé de eso con tanta tranquilidad y hasta alegría?

Entonces me di cuenta de que lo que había hecho en estos años, no había sido solamente porque el Poncho me había llevado, sino porque yo lo había querido. Y me di cuenta de que lo había hecho no solamente para participar de sus propuestas, sino también para hacer mis propias acciones, algunas por juego como las llamadas telefónicas en Londres, otras por accidente como el incendio en la catedral de París, y unas más sin ninguna causa razón motivo o motivación, como la del niño que me llevé en Madrid. Y no sólo eso: me di cuenta también de que yo podía haber seguido, haber ido a Túnez India o Bolivia y actuar en mercados cines o restoranes, haber ido a Michoacán y prenderle fuego a aquel almacén romperle los vidrios a ese auto echarle pleito al ciclista que pasaba por allí, hacerme la que no se entera cuando se llevan a las muchachas cuando desaparecen y matan a los vecinos.

Descubrir esto fue brutal. De repente me di cuenta de que todos los que vivimos en este tiempo somos, nos guste o no, participantes y cómplices, por acción o por omisión, de una guerra que hemos perdido, perdido completa e irremediablemente.

Bueno, aquí le paro. Lo dicho: pasé de ser parca en lo que te escribía, a contarte muchas cosas como descosida, lo que sin duda es, como ya bien te dije, la otra cara de la misma locura.

Como le escribí alguna vez a tu madre, ojalá que los dioses perdonen lo que he hecho y que quienes amo traten de perdonar lo que he hecho. Me refiero a ti, la única familia que tengo, la única persona en el mundo que sabe de mi existencia. Espero que después de leer este cuaderno no me desprecies. Si con el anterior me buscaste y hasta pensaste en imitarme, con éste confío en tu benevolencia de entender lo débil que es la naturaleza humana y lo fuerte que es el amor, el demasiado amor. Así que como decía un maestro de la secundaria: guarda esto en tu corazón y adiós.

50

Necesito contarte algo para que entiendas por qué voy a hacer lo que voy a hacer.

Son las seis de la mañana del día en que nos iremos a Uarzazate. Dentro de unas horas vendrá por nosotros el taxi que nos llevará. Poncho no está, pero no tengo duda de que volverá a tiempo, porque le importa mucho cumplir la promesa que les hizo a sus amigos.

Anoche, cuando terminé de poner sobre el papel lo que te quería decir, saqué el dinero que llevaba escondido contra mi pecho en mi camiseta amarilla con dibujos de dólares, ese que como bien había predicho la abuela Livia, nunca nadie descubrió cuando pasamos las fronteras y que como me propuse yo, nunca descubrió mi muchacho, lo envolví en mi vieja mascada y lo puse sobre el televisor con una nota que decía: para la esposa de Murad, pues yo ya no lo iba a necesitar y tengo una deuda de honor con ella.

Luego me acosté, pero no podía dormir, cuando de repente el Alfonso entró al cuarto. Reconocí en su manera de abrir la puerta que venía muy alterado. Se dirigió directamente a mi cama y me empezó a golpear y jalonear como aquella vez cuando lo conocí. Entrégueme usted el dinero que esconde entre su ropa gritaba furioso, lo necesito ahorita mismo.

¿Cómo supo dónde lo guardaba? No tenía yo la menor idea. ¿Y por qué me lo pedía de manera tan violenta? Tampoco tenía yo la menor idea. Pero no dije ni una palabra, porque sabía que cualquier cosa que dijera en lugar de calmarlo lo alteraría más.

Cuando por fin logró romper mi pijama y se percató de que no había nada de lo que buscaba, me miró fijamente a los ojos, yo estaba segura de que me mataría, pero lo que hizo fue sentarse en la cama, cabizbajo y desolado. Y se soltó hablando: ¿Cree usted que me engaña y que yo no sé lo que esconde en su horrible camiseta amarilla estampada con billetes americanos, que no se quita ni por error? ¿No le pareció sospechoso el escándalo que hice en el aeropuerto de Estambul para distraer a los revisores, que estuvieron muy cerca de descubrirlos?

Y siguió hablando: mire madre, necesito de verdad ese dinero, necesito independizarme, ser mi propio jefe, dejar de obedecer a otros. Quiero hacer acciones grandes, ya basta de cositas, de poner mochilas en un tren y luego irme corriendo. Le explico: aquí se consume mucho hachís, pero no alcanza el que se produce, cuarenta kilos por hectárea, y entonces lo traen desde muy lejos, desde Afganistán que produce ciento cuarenta y cinco. Por eso mis amigos quieren comprar un terreno allí donde viven sus familias en las montañas del Rif, y sembrar la cannabis, es una planta que crece rápido y no necesita mucha agua. Luego le van a sacar la resina, eso se hace apaleándola y listo, ya tenemos lo que queremos. Yo me voy a encargar de venderla, porque para ellos como musulmanes está prohibido y como ciudadanos es ilegal, pero yo no tengo esa religión y tengo pasaporte mexicano, así que puedo hacerlo sin problema. Y con lo que vamos a ganar, podremos financiar las acciones que ellos hacen en defensa de su fe y en contra de los herejes. ¿Se da usted cuenta de que si juntamos narcotráfico y terrorismo seremos invencibles? ¡Ése es el futuro y yo no sólo lo quiero mirar sino participar en él!

Pero la emoción con que explicó eso, se convirtió de repente en enojo. Se puso de pie y se me acercó tanto, que creí que empezaría otra vez a golpearme. Pero no fue así, sólo siguió hablando: mire señora, usted no me permitió tener un celular y nunca se lo voy a perdonar. Pasaban mil cosas en mi tierra, mil cosas en el mundo y yo de tonto viendo la televisión. Tampoco me permitió tener dinero y tampoco nunca se lo voy a perdonar. Los amigos iban a fiestas, salían con muchachas y yo de tonto durmiendo con mi madre en alguna pensión.

Quiero que sepa que la odié mucho por eso. Pero usted ni cuenta se daba. Si me salía por horas, si no me aparecía dos días, no preguntaba nada. Si le contaba una historia de dónde estuve, de a quién conocí, la creía. Y no sólo eso: estuvo de acuerdo en todo lo que le propuse, fuera lo que fuera, y aunque al principio parecía que le horrorizaban las acciones, luego las aceptó sin chistar; y aunque después se llenó de remordimientos y decía que lo tendríamos que pagar, de todos modos me ayudó a hacerlas. Y hasta me aguantó que fuera violento con usted, que la insultara le diera empujones cachetadas golpes, una vez tan fuertes que la dejaron maltrecha por varios días. Lo único que a usted le importaba era tenerme a su lado, llevarme y traerme y subirme y bajarme por medio planeta, engañándome y engañándose con que me amaba muchísimo y que por ese amor todo se valía.

También quiero que sepa que varias veces estuve a punto de abandonarla. La primera fue en Boston, cuando me enamoré de Ailina, la hermana de los muchachos con los que hicimos la acción del maratón, pero ella no quiso verme más y entonces volví con usted. La segunda fue en Londres, cuando me quise escapar con una rusa preciosa, pero el tipo que la cuidaba me puso una santa madriza que casi pierdo el ojo y entonces volví con usted. La tercera fue en Tokio, cuando decidí entrar a la secta que hizo el atentado con gas sarín en el metro, pero el gobierno sentenció a muerte al maestro Shoko y a cinco de sus seguidores, por lo que el grupo se dispersó y entonces volví con usted. La cuarta fue en Madrid, cuando conocí a los que hicieron la acción en los trenes, a ellos los admiré tanto que me quise volver musulmán, hasta la barba me dejé crecer, pero ellos se suicidaron y entonces otra vez volví con usted.

Que sepa que no sólo la quise abandonar, también la quise matar. Una vez en McAllen, cuando pasaban los días y no me sacaba usted de la cárcel en la que me tenían metido los gringos, y otra vez cuando estábamos en París y me insistía usted en que hablara que me levantara que comiera. Si no lo hice, fue por temor a que me agarraran. Y no había duda de que así sería, porque en esos países no son como en México, allí sí encuentran a los delincuentes. Por eso mejor lo quise hacer a través de mis amigos. A los de Estambul les ofrecí que usted fuera la suicida que estaban buscando, pero no aceptaron porque nuestros asuntos los hacemos con hombres dijeron, y entonces usted se salvó. A los de Marrakesh les he ofrecido que la usen para lo que a ellos les convenga, pero no aceptan porque nuestros asuntos los hacemos con jóvenes dicen, y entonces usted otra vez se salvó.

Pero lo más importante que debe saber, es que ya no la quiero volver a ver nunca. Iremos a Uarzazate como está planeado, porque me importa mucho cumplir con el encargo que me hicieron mis amigos de entregarle dinero a sus madres y esposas. Y necesito que me acompañe, porque como hombre no me les puedo acercar, así son las costumbres en los pueblos tradicionales. Pero después, usted y yo nos separaremos para siempre.

Debo de haber puesto cara de sorpresa porque dijo: nimodo que toda mi vida voy a seguir pegado a sus faldas. Estoy absolutamente harto de eso.

Sus palabras me hirieron me lastimaron me dolieron. Y mucho. Porque lo he querido y lo he cuidado tanto, que no merezco esa crueldad, ni merezco que nuestra historia pueda resumirse de manera tan banal y que en ella no exista el menor indicio de que él también me quería y de que le agradaba la vida que llevábamos.

Aunque si soy sincera, reconozco que ignoré las señales de que no era así. Y no sólo eso, también ignoré mis propias señales, mi hartazgo con su carácter con su ser grosero con su estar siempre malhumorado, con sus silencios unas veces y su demasiado hablar otras veces. Recordé entonces que hubo varios momentos en que yo también lo odié, tanto, que hasta quise quitarme el tatuaje con la letra P que me habían hecho en el hombro, pero no lo hice porque tuve miedo del dolor que me causaría arrancar el pedazo de piel; y tanto, que varias veces pensé en abandonarlo. La primera, cuando lo fui a sacar de la cárcel en que lo tenían los americanos y en vez de agradecer, se puso a darme órdenes y a regañarme y después, cuando por fin salió, a llevarme por todas partes sin orden ni concierto ni la mínima preocupación por mí. La segunda, cuando en Londres me golpeó y me dejó maltrecha durante varios días por un error que tuve. La tercera, cuando en Estambul quiso atentar contra mi amiga judía y su familia. La cuarta, cuando en París no me hablaba no se levantaba no comía. Cada una de ésas, me imaginé que me largaba y lo dejaba allí nomás, sin papeles y sin un centavo, ésa iba a ser mi manera de desquitarme de sus humillaciones.

Pero no me atreví. Y volví con él. Y él se salvó.

De todos modos, no dije ni una palabra, porque sabía que Poncho había tomado sus decisiones y ya no las cambiaría. Y porque también sé que desde hace rato ya no están conmigo las hadas buenas que siempre me habían acompañado y que, como leí en un libro que hace muchos años me regaló un cliente, los dardos del amor tienen su nombre: aullido y locura.

El momento fue difícil, pero el muchacho por fin se fue. No te imaginas el estado de nervios en que quedé. Afortunadamente Dios es grande y Alfonso no se dio cuenta de que el dinero que me sobraba de lo que me había dado la señora Livia, estaba encima de la televisión, envuelto en la vieja mascada que él me había regalado y que yo no me quitaba nunca, aunque se burlaba y decía que parecía retrato, diario con lo mismo.

Pero entonces tuve clara conciencia de que mi decisión era la correcta. Porque si antes lo dudaba, ahora estoy segura de que no podría seguir en esta relación después de que nos habíamos confesado cosas tan terribles, y como dice el dicho aquel que tanto repetía mi abuela, las palabras hieren más que los golpes.

Y porque si antes lo dudaba, ahora estoy segura de que no podría soportar más esta vida nuestra que había dejado de ser, como dice la canción aquella que tanto le gustaba a mi padre, un día de horas amargas y otro de horas de miel, pero ahora ya era, nada más y todo el tiempo, de odio, demasiado odio.

Esta obra se imprimió y encuadernó
en el mes de agosto de 2020,
en los talleres de Impregráfica Digital, S.A. de C.V.,
Av. Coyoacán 100-D, Col. Del Valle Norte,
C.P. 03103, Benito Juárez, Ciudad de México.